Hell World

百目鬼鉄解
DOMEKI TEKKAI

幻冬舎MC

Hell World

船室のドアノブに手をかけようとして、岡田聖一《おかだまさかず》は思わず息をのんだ。金属の取っ手の少し上辺りに、誰かが指で引っかいたような赤い筋が四本、並んでいるのを見つけたからだった。

「……美優？」

岡田は恐る恐るドアを開け、部屋に入った。十畳ほどの部屋の左右の壁に看護服やドレスが隙間なく掛けられていたが、どれも赤黒いシミがこびりついていた。正面の壁の網棚には、ナイフや拳銃、ショットガンが置かれ、鈍い光を放っている。

ゆっくりと棚へ近寄り拳銃に手を伸ばした時、背後に気配を感じた。

振り返ると、女が立っていた。不自然に身体を傾け、岡田のほうに力なく両手を伸ばしている。濃緑色の顔半分がケロイド状の傷に覆われており、右目が白濁していた。

「うわっ！」

驚いてのけぞった岡田に、女は低い声でうなりながら抱きついてきた。

「聖一、お待たせ！」

耳元で甘い声がした。岡田はふっと息を吐きながら、優しく女の腕をほどいた。

「いやあ、ゾンビメイク、本格的だね。美優ってわかってたのに」

松島美優《まつしまみゆ》は「でしょう」と嬉しそうに微笑んだ。

付き合って一年になる美優に連れられて、岡田は豪華客船でのハロウィンディナークルーズパーティーに参加していた。昨年に続き二回目だという美優の話では、前回は「幽霊船に仕掛けられた爆弾を全員で解除する」という設定のサプライズイベントがあり、犯人が残した手がかりの謎解き、カウントダウンで襲いかかるモンスターや煙幕などを利用した演出など、かなり本格的な仕掛けが用意されていたとのことだった。インフルエンサーがネットで紹介したこともあって、チケットが取れたのは幸運だった。

「ところで聖一、それなんの仮装?」

美優が真顔に戻り、岡田の格好を上から下までしげしげと眺めて首をかしげた。

「一応、鬼のつもりなんだけど。角もあるし、ほら、牙も」

岡田は口を開けて牙の生えた入れ歯を見せた。話しているとたまに外れてしまうのはイマイチだったが、自分なりに自信のコスプレだった。

「うーん、鬼って言われてもねえ。角と牙以外、そんなに外見変わってないじゃん。それに、ハロウィンに鬼みたいな日本のものを持ってこられても……」

「そ、そうかな。あ、それに一応シャツは虎柄だよ」

岡田はスーツの上着を脱いで美優に背中を見せた。黒シャツの背中には、大きく虎の姿が刺繍されている。

「虎柄って言うか、それ、虎じゃん……ま、いいか。行こ!」

生き生きとした死人の格好の美優に連れられて、岡田はデッキのパーティー会場へと向かった。

そこにはすでに、オープニングセレモニーを待つ四十人ほどの人が集まっていた。思い思いに仮装し、食事や会話、船上からの景色を楽しんでいる。テーブルには、血に見立てたソースがしたたるステーキやジャック・オー・ランタンのケーキ、ビーカーやフラスコに注がれるカラフルなカクテルなど、ハロウィン仕様の食事が用意されていた。

マストには、大きく「ＨＥＬＬＯ」と書かれた旗がはためき、橙色の夕陽に照らされている。会場には活気があったが、皆、怪物やキャラクターの格好に扮しているので、どこか異様な雰囲気だった。

美優が「あっ」と叫んで人混みを指さした。

「あれ、ゆきだ！　彼氏もいる！　聖一、向こうに行こうよ」

ゆきは美優の友人だ。一度、ダブルデートをしたことがあるのだが、彼氏とそろってどことなくチャラついていてなれなれしく、波長が合わないと感じたことを岡田は思い出した。

「ごめん、ちょっとその……トイレに行きたくなっちゃって」

「えー、また？　……じゃあ、先に行ってるよ」

不満そうな美優の後ろ姿を見送ると、岡田はため息をついて人気のない場所に移動した。

「うまくいくかなあ」

独り、つぶやく。今日、何度目になるだろうか。岡田は上着のポケットからケースを取り出し、そっとふたを開けて指輪を確認した。このクルーズで美優にプロポーズするつもりだった。なぜかいつも「思っていたのと違った」と言われ恋愛が長続きしない岡田だったが、美優は初めて一年続いた彼女だった。指輪を見つめながら、これまた何度目になるかわからないプロポーズの光景を思い浮かべた。

パーティー会場に目をやると、奥のほうで美優とゆきの彼氏が楽しそうに談笑している。指輪をケースにしまってそちらへ戻ろうとした時、ふいに誰かが背中にぶつかりバランスを崩した。

なんとか踏ん張って転倒は免れたが、はずみで手から飛び出したケースが、デッキから船の外にゆるやかなアーチを描く。

「あ、やばっ……!」

反射的に手を伸ばして何とかケースをつかむことに成功したが、足をついた場所が悪かった。岡田は転がっていた瓶を踏みつけ、ケースを持ったまま手すりを越えて船の外に放り出されてしまった。

目に映るすべての動きがスローモーションとなり、やがて全身に衝撃が走った。

◆

岡田は大声をあげて飛び起きた。どうやらソファで眠ってしまっていたようだ。体中が汗でびっしょりだった。そこは十畳ほどの薄暗い部屋で、ソファの隣には低いテーブルがあり、土気色に干からびた花が背の低い花挿から頭を垂れていた。

「どこだ、ここ……」

岡田は目頭を指で揉んだ。窓から外をのぞくと、空と海の区別がつかない漆黒の闇だった。どれくらい眠っていたのだろうか。数時間のようでもあり、ほんのうたた寝程度だったようでもある。

脳裏に先ほどの光景がフラッシュバックした。船から放り出された時の浮遊感、スローモーションになる視界、水面に叩きつけられた衝撃……夢にしてはやけに生々しい体感が消えずに残っていた。

「やばい、美優を待たせちゃってるかも」

上着のポケットを探り、指輪のケースを取り出して開けてみる。

「……よかった、ちゃんとある」

やはり悪い夢だったのだ。再びケースをポケットにしまって部屋を出た。

通路を進むうちに、岡田は次第に違和感を覚えた。船の雰囲気が明らかに記憶と違うのだ。壁はこんなにシミや変色が目立っていただろうか。照明は薄暗く陰鬱な感じがするし、空気も重たくよどんでいる。

「夜になったらこんなもんなのかな」

そう自分に言い聞かせ、角を曲がった時だった。折悪く反対側から来た人物と勢いよくぶつかり、岡田は尻もちをついた。相手も倒れたようだ。ゴトン、と何か硬いものが床に落ちる音がした。

「イッタ……ちょっと、どこ見て歩いてんの！」

目鼻立ちがくっきりとしたショートカットの女性だった。淡いブルーのデニムに白のシャツという一見控えめな装いながら、その眼差しと口調にはかなりトゲがあった。

「あ……すみません」

そう言って立ち上がろうとした時、右手が何かに触れた。カメラアプリが起動したままのスマートフォンだった。

「それ、私の」

女性がムスッとしながら立ち上がり、早く返せとばかりに手を伸ばす。岡田も立ち上がって、拾い上げたスマートフォンを手渡した。

「てか、あなた、なんでそんなおかしな格好してるの？」

女性が怪訝そうに岡田を見つめた。

「なんでって、今日はそういうイベントじゃないですか。あなたこそ、そんな地味な格好で何して……あ、もしかして、撮影スタッフの方？」

岡田の問いかけに、女性はため息をついた。

「私もなんでここにいるのかよくわかんなくてさ。合コンのあと、ヤケクソのオール飲みでワイン十本空けたところまでは覚えてるんだけど、気づいたらこの船にいたんだよね。これは不思議だってんで、ユーチューバーの血が騒いで船内を探検してたってわけ」

「ああ、ユーチューバーだったんですね」

「上から読んでも下から読んでも『まさみさま』チャンネル、観たことない？ 閲覧数、けっこう稼いでるんだけどなあ」

岡田は「すみません」と小さく頭を下げた。

「まあ、いいや。私は相川《あいかわ》まさみ。あなたは？」

「あ、岡田聖一です……では、失礼します。ちょっと人を捜してますので」

「捜すって、誰を？」

「彼女です。では」

一礼してその場を立ち去ろうとしたが、まさみがスマートフォンを向けてついてくるそぶりを見せたので立ち止まった。

「あの……なんでついてくるんですか」

「えー、いいでしょ、別に。彼女を捜す気弱な青年に密着しても」

「……まあ、いいですけど」

岡田はため息をつくと、まさみを従えて歩き始めた。

デッキまでの道中、岡田はまさみの質問攻めに合い、この船で行われているハロウィンイベントの説明をした。まさみは撮影を続けながら、「ふんふん」と興味があるのかよくわからない相槌を打っていた。

二人は階段を上ってデッキに出た。

「……そんな」

思わず声が出た。ウェルカムイベントが開催されていたはずなのに、その痕跡は皆無だった。周囲は闇に包まれ、船が波をかきわける音と頬をなでる生ぬるい風の感触だけがデッキで感じられるすべてだった。

その時、「ポー」と汽笛のような高い音が鳴り響いた。見上げると、マストの高いところに古ぼけたスピーカーが設置されていた。

岡田はマストの旗に目を止めて首をかしげた。

「どうしたの?」

「いや、あのマストの旗の文字、『HELL』って書いてありますね。確か『HELLO』だったような……」

スピーカーから、トントンとマイクを叩く音が聞こえた。

「あーあー……ご搭乗のみなさまぁ、聞こえていますでしょうかぁ。これより本船は目的地である入獄審査場に到着いたしますぅ」

二人は顔を見合わせた。

「これ、例のイベント?『にゅうごくしんさじょう』って、何それ」

「さあ……入国審査みたいなものですかね。どんな設定なんでしょうか」

進行方向に、宝石を散りばめたような無数の光が見えた。二人のほかにも、明かりに誘われて続々と人が集まってきていた。

「けっこう高齢の人も参加してるんだね」

まさみが視線を送る先に、八十歳を超えていそうな老人が数人、うつろな目で光を見つめていた。

「基本的には若い人向けのイベントだとは思うんですけど……」

岡田はそう言いながら群衆の中に美優の姿を捜したが、どこにも見当たらなかった。

「なんか、雰囲気おかしくない？　見てよ、あそこの人」

まさみが指さす先には、襟がばっくり開いた派手な柄シャツに身を包み、胸元には金色のネックレス、おまけにスキンヘッドのいかつい男が大声で泣いていた。

光はどんどん大きくなっていき、港が見えてきた。かがり火がいくつも連なっていて、桟橋から港を通り過ぎ、陸地の奥まで続いているようだった。

「これも演出なのかな。港まで仕込み入れてるなんて」

「そうですね。ここまで手の込んだイベ……？」

岡田は目を見開いた。上半身裸で筋骨隆々の、相撲取りをさらに一回り大きくしたような男が、桟橋をドスドスと歩いてきたからだ。肩と背中から二本ずつ、計四本の丸太のような腕があった。

まさみがスマートフォンを向ける。

「あれ特殊メイクだよね。よくできてるなー。あ、頭に角発見。鬼ってことかな」

男は船から投げられたロープを四本腕でつかみ、力強く船を桟橋に引き寄せると、手慣れた様子でロープを柱に結びつけた。岡田がごくりと唾をのみ込む。

「特殊メイクにしては、背中の腕も機能しすぎてるような気が……」

その時、スピーカーから再びアナウンスが聞こえた。

「えー、みなさま、地獄に到着いたしましたぁ。足元にお気をつけてタラップをお降りくださいぃ。間もなくシャトルバスが参りますぅ。えー、なお、万一、逃走や反抗の類の行為に及んだ場合、魂の安全は保証いたしかねますのでご了承くださいぃ」

岡田とまさみは顔を見合わせた。

「地獄だって……どうします？」

「どうしますって、この状況だと船降りてバス乗るしかないじゃん。彼女ともきっとバスで会えるって」

二人は大人しく船を降りた。

◆

下船した人々が集まっている辺りに、岡田とまさみは何となく歩いて行く。

「やっぱり美優、いないな……」

岡田の胸に、言いようもない不安が広がった。

「ここ、本当に地獄だったりして」

岡田の独り言に、まさみは一瞬、真顔で凍り付いたが、すぐにこわばった笑顔で岡田の肩を叩いた。

「いや……んなわけないじゃん。縁起でもないこと言わないでよ」

「ですよね。冗談です、冗談」

そこに、かがり火が連なる道の奥から、観光バスが姿を現した。

「見て。フロントガラスの上の会社名、『奈落観光』だって。設定細かいなー」

バスは大きく回り込み、二人に横腹を見せて停車した。炎をモチーフにしたロゴが貼られたドアから、制服に身を包んだミディアムヘアの小柄な女性が降りてくる。頭にピンク色の角をのぞかせ、集まった人々に笑いかけた時、異様に大きな八重歯が光った。

「みなさま、お待たせいたしました。私、奈落観光のバスガイドでございます。お時間が押しておりますので、さっそくバスにお乗りくださいませ」

ガイドは、アニメ声で愛嬌を振りまいた。

「おうこら、姉ちゃん」

柄物のシャツの男が立ちふさがった。

「あれ、船のデッキで泣いてた人だよね。ヤバいよ、止めに行きなよ」

まさみが岡田をひじでつつく。

「あー、いや、ちょっとそれは……誰か、呼んでこようかな」

柄シャツはポケットからバタフライナイフを取り出し、カチャカチャと鳴らしながらガイドの顔を間近からのぞき込んだ。取り囲む人々の間に緊張が走る。

「こちとらなあ、地獄で苦しむなんざまっぴらごめんなんだよ。あんたを人質にとれば、あの船で三途の川を戻れるんじゃねえかな」

下品な笑い声をあげながら、柄シャツはガイドに向かってナイフを突き付けた。

笑顔のガイドが突然、能面のような表情になった。

「警告です。逃走や反抗の類の行為に及んだ場合、魂の保証はいたしかねます。三秒以内にナイフをおしまいください」

柄シャツは「あーん?」と凄みをきかせ、地面に唾を吐いた。

「ナイフをしまわなかったら、どうなるっつーんだよ。まさか姉ちゃんが……」

ガイドが右腕を上げると、その部分の制服が一気に破裂する。現れたのは体とは完全にアンバランスな、血管が浮いた筋骨隆々の巨大な腕だ。

「な、なんじゃそ――」

叫びかけた柄シャツの顎を、ガイドの右腕ががっしりつかんで体ごと持ち上げた。柄シャツは足をバタバタさせながらナイフでガイドの腕を切り裂こうとしたが、石にでも当たったようなカンカンという音がするばかりで歯が立たない。周囲の人々は驚き、悲鳴をあげてその場から飛び去った。

ガイドはそのまま腕を振りかぶり、柄シャツの男をものすごい勢いで投げ飛ばした。それまであんなに威勢が良かった柄シャツの男は、まるで大砲で打ち出されたように宙を飛び、夜の闇に紛れて見えなくなった。しばらくして、遠くのほうでパシャン、とかすかな水音が聞こえた。

ガイドの右腕は瞬く間に元の大きさに戻り、表情も再び笑顔になる。

「さあ、みなさん、お乗りください」

我に返った人々は、誰もがこわばった表情で、無言でそそくさとバスに乗り込んだ。

◆

港から延びるかがり火に照らされた森を抜けると、バスはだだっ広い荒野を走り続けた。次第に空が明るくなっていく。

どこかぼんやりとした表情のまま、隣の席のまさみが岡田に小声で話しかけた。

「さっきの、どう見ても普通じゃないよね」

「あれは演出では片づけられないですね」

「てことは、ここって本当に地獄で、私たち、死んじゃったってこと……」

ほどなくして、前方に座っていたガイドが立ち上がり、備え付けのマイクを手にとった。

「ようこそ地獄へ！　みなさま、地獄は初めてですか？」

ガイドは言葉を切り、乗客の顔を見回した。皆一様に呆気にとられた顔をしている。ガイドはにっこり微笑んだ。

「はい、ここは笑うところでしたー。では気を取り直して。みなさまは死んで魂となり、『天界』にやってきています。天界には『天国』と『地獄』があり、健全な魂は天国へ、汚れた魂はここ、地獄へ堕ちてくるのです。天国では清らかな魂が転生までの間幸せに過ごしていますが、地獄では現世での行いに応じた罰を受けていただくことになります。いわゆる『因果応報』ってやつですね！」

乗客の誰かが、ひっと叫んですすり泣き始めた。ガイドは気にする様子もなく、満面の笑みで進行方向右手を指し示した。

「さてみなさま、右手に見えます、煙があがっているエリアが焦熱地獄となっております。みなさまのうち、何人かはあそこで焼かれることになるかもしれませんね。そして、左手の鋭い崖、あの下はスリル満点、針山地獄です！」

説明している内容とガイドの妙に陽気なテンションのギャップが脳内で処理しきれず、岡田はおかしくなりそうだった。

「ああ、これは夢だ、きっと。早く起きろ。起きろ、僕」

目をつぶって自分の頭を思い切り殴ってはみたものの、状況は何も変わらない。隣のまさみは「私、地獄に来るようなことしてない。絶対おかしい。閻魔大王に抗議しなきゃ」と、ぼそぼそとつぶやいている。

しばらく進むと、バスから見える景色はやがて荒野から建物群へと変わった。どれも石造りで、だんだんとその密度と高度を増していく。

「この辺りが官庁街です。言わば地獄の霞が関ですね。そしてあれが」

ガイドが街中にひときわ高くそびえ立つ建造物をビシッと指さした。

「閻魔庁でございまーす！　天界全体は神族が統治していますが、中でもここ地獄を統括している神様が、ご存じ、閻魔大王様です。閻魔庁では、こわーい、こわーい閻魔大王様と、ほかに十数人の神様方が鬼たちを従え、日々地獄の運営に忙しくしておられます。閻魔大王様が総理大臣、神様方が各省庁の大臣で、鬼たちは役人ってところですね。ちなみに、みなさまが現世で犯した罪の重さによっては、閻魔大王様直々に量刑を言い渡されます。ほとんどの場合、死刑ですけどね」

まさみは一瞬何か考えたようなそぶりを見せると、いきなり手をあげて立ち上がった。

「はい！」

まさみの予想外の行動に、岡田は驚いて固まった。

「すでに死んでる私たちが、地獄で死刑になったらどうなるんでしょうか」

まさみの質問に、ガイドがにっこり微笑んだ。

「いいご質問ですね。端的にお答えしますと、魂が消滅します。まあ、一口に死刑と言っても、その前に数百年から数千年、罪の重さに応じた期間を地獄でお過ごしいただいてからの話になりますが。逆に地獄で罪を償って更生した場合、天国への入国の権利が与えられ、転生するサイクルに乗ることができるのです」

ガイドは「そ、れ、か、ら」ともったいぶってから続けた。

「一口にご説明するのは難しいのですが、何らかの理由により地獄上層部の方々のお眼鏡にかなった場合、刑期の満了を待たずして、更生したと認められる特例があります。まあ、かなりのレアケースのようですけどね」

まさみが再び手をあげた。

「特例を受けられる条件は何でしょうか」

まさみの言葉に、ガイドは首を振った。

「そこは明確には定められていないようです。地獄を統括する神様方の気分次第、と聞いています」

まさみはガイドに礼を言って着席すると、小さくガッツポーズをした。

「要は偉い人に気に入られたらいいのね。よし。希望が見えてきた」

岡田はいまだに自分が本当に死んだのか実感がわかず、現実を受け止め切れずにいたが、同じ状況の中ですでに順応してしまったようなまさみの姿に不思議と勇気づけられた。

「まさみさん、すごいですね。見かけ通りたくまし——」

言いかけた岡田のみぞおちに、まさみのゲンコツがめり込んだ。

「誰が見かけ通りだ、しばくぞ」

岡田は「もうしばかれてるんですけど」と心の中でつぶやいた。

やがて、バスは官庁街の建物のそばで止まった。

「まずはここ入獄審査場でみなさまの罪の一次判定をいたします。最近は罪人が多く、なかなか審査が進まないかもしれません。場合によっては数年かかる場合もございますので、予めご了承くださいませー」

ガイドがそう言い終えた瞬間、バス前方の扉が開いた。

◆

入獄審査場の総合窓口は審査待ちの人間であふれかえっていた。

あちこちで警備服姿の鬼たちが金棒を警棒代わりに振り回し、不安そうな顔つきで右往左往する人間たちを誘導している。一緒のバスで来た老人が、一つ目の鬼に抱え込まれるように連れ去られていく。

「なんか、カオスだね」

再び撮影を始めたまさみが言った。

「同感です。もっと効率的にさばけそうな気がしますね」

現状を頭の中で整理しきれずにいるのに、妙に現実的なことを考えている自分が気になった。ふいに、岡田のほうに鬼が近づいてきた。スキンヘッドに顎ひげの、プロレスラーにいそうな鬼だった。

「人間のくせに偽物の角なんてつけやがって。次はお前だ。若いから審査の時間も早そうだが、これまで犯してきた罪の数次第だな」

鬼は「ガハハ」と大きな口から牙をのぞかせて笑い、岡田の肩をつかんで引っ張った。

あっ、とまさみの声が聞こえたような気がしたが、二人の間に次々と人が押し寄せ、まさみの姿は見えなくなってしまった。首を伸ばしてまさみを捜す岡田だったが、そのまま鬼に引きずられ、廊下にずらりと並ぶ小部屋の一室に押し込まれた。

部屋は質素なつくりで、中央には正方形の小さな机があり、椅子が二脚、向かい合うように置いてある。窓のない、取調室のような空間に息がつまりそうだった。鬼は岡田を奥の椅子に座らせると、入口の横に仁王立ちになった。

しばらくして、度の強い眼鏡をかけた、岡田と同じくらいの身長の細身の鬼が入ってきた。

「お待たせしました。鬼元と言います」

岡田はまたごつい筋骨隆々の鬼が入ってくると思っていたので、拍子抜けした。

鬼元は岡田の表情から感じ取ったのか、「鬼にもいろいろな種類がいるんですよ。人間にも人種ってあるでしょう」と言って、コホンと一つ咳払いをした。

「三途の川から人間をここまで連れてくるのは大変ですからね。向こうには体力自慢の者が配属されています。そちらの鬼木田さんは腕力を買われて用心棒的な仕事を、私はご覧の通り事務職です」

「鬼はみんな乱暴者かと思ってました」

鬼木田がぎろっとにらんできたので、岡田はあわてて目をそらした。

「えー、それでは簡単に説明します」

鬼元が机の上で両手を組んだ。

「およそ生きとし生けるものは死ぬと肉体を失い、魂だけの存在になります。そしてここ、地獄の審査場で生前の罪をすべて洗い出します。記録担当である私が、一生分の記憶を再生し、宇宙の秩序を乱す行為、すなわち悪事をシステムに入力します」

鬼元が懐から薄汚れた鏡を取り出した。

「この『贖罪の鏡』にあなたの記憶が映し出されるのです。言わば記憶のリプレイですね」

鬼元がいったん言葉を切って岡田を見つめたので、何かコメントをひねりだそうとした。

「システムに情報を入力する一方で、魔法の鏡も使う。テクノロジーとファンタジーのシナジー効果で、テクノファンタジーってところですね」

「……続けます。その後、一次審査担当が、システムに入力された内容から、罪の重さを判定します。中程度以上の罪がある場合、二次審査に。二次審査担当は一次審査の内容をさらに厳密に判定し、重大なレベルに相当する罪がある場合、最終審査に回します。そこで、閻魔大王様が最終判決を下すのです」

「閻魔大王がすべての判決を下すわけではないんですね」

「ええ、重大なものだけが閻魔大王様に上申される仕組みです。ですから……審査担当にはあまり変なことを言わないほうがいいですよ」

鬼元の小声の忠告に、岡田は「はあ」と気の抜けた返事をした。

「それでは、これからあなたの記憶を記録させていただきます」

そう言うと、鬼元はキリッと眉間にしわを寄せて鏡を見つめた。

「あなたは……岡田聖一さんですね。特に病気もなく元気に育ち……お母様はいささか過保護なところがあったようですね」

鬼元が手元の紙に、鏡に見えた記憶の記録を書き始めた。

「あの、この間、僕は何を？」

「記憶を見るには近くにいてもらわないといけないので、そのまま座っていてもらえると」

「おかしな動きをしたらぶん殴るからな」

鬼木田が低い声で威圧してきた。

それからしばらくは、鬼元が万年筆で手元の紙に何かを書き記すだけの時間が過ぎた。

座りっぱなしで尻と腰が痛くなってきた頃、鬼元が突然、目を凝らし動きを止めた。

「どうかしましたか」

「岡田さん、現世ではシステムエンジニアでしたか……」

「それが……何か」

鬼元はそれに答えず、記録した紙を手に立ち上がり鬼木田に目くばせすると、二人で部屋の外に出た。しばらくして細身の鬼だけが部屋に入ってきて、席に着くとコホンと咳払いした。

「失礼。鬼木田さんには、紙をシステム入力担当に届けてもらいました。私が直接入力すれば早いのでしょうが、鏡を見ながらシステムを使うなんて集中力がもたなくて。全部は記録できなかったので、今日はここまでということで」

「ちなみに僕の悪事とは……地獄に堕ちる心当たりは特にないのですが」

「確かに今まで確認したところに重い罪はなかったようですね。これくらいで地獄に堕ちるのは珍しい。ただ、例えば岡田さん、生前壊れた傘をそのまま店先に放置したことがありませんか。実はその傘を拾って使った人間が、雨に打たれて風邪をこじらせ死んでいます」

「なんですか、それ」

「またマンションのオートロックが壊れているのを見過ごした時も、その後、それが空き巣の入る原因の一つとなっています」

「なんかどれも僕のせいじゃない気が……」

「そこは今後の審査結果を待たないとなんとも……。もしかしたら残りの記憶にとんでもない悪事があるかもしれませんし」

「ないと思うけどな。で、今日みたいなのをまたやるんですか」

「はい、これが入獄審査です。最後に、何か質問はありますか」

岡田は先ほどから気になっていたことを聞くことにした。

「あの……あなたは誰ですか？　鬼元さんによく似ていますが」

「……なぜ、別人だと思われるのでしょう」

岡田がうなずいて、自分の目の辺りを指で指した。

「細かい部分はいろいろとあるのですが……例えば、眼鏡です。鬼元さんはかなり度が強いレンズだったのを覚えていますが、今あなたがかけている眼鏡は度が強くないです」

「岡田さんの気のせいでは？」

「いえ、レンズ越しに見える顔の輪郭が違います。ほかにもネクタイの結び方が微妙に違っていますし、胸ポケットに差しているそれはボールペンですよね。先ほどは万年筆を使っていましたが」

岡田の目の前の鬼は、じっと岡田の顔を見つめると、ニヤリと笑った。

「ご名答。私は双子の弟です。眼鏡の度の違いまで気がついたのはあなたが初めてです。兄さん！」

弟の鬼が叫ぶと、兄さんと呼ばれた鬼が部屋に入ってきた。まるで分身のようによく似ている。

兄のほうが口を開いた。

「見破られましたか……」

「なぜこんないたずらを？　兄弟で入れ替わって間違い探しなんて」

兄のほうがうなずいた。

「これはいたずらではありません。実は、見込みのある人間の選抜試験を密かに行っていましてね。

方法は担当に一任されています。私たちは見ての通り、よく似た双子ですので、わずかな違いを見分けられる観察力と分析力があるか、という試験にしたのです」

岡田は首をかしげた。

「試験……ですか。何のために？」

そこに、鬼木田が戻ってきた。

「お二人がそろっているということは、久々の合格者ですか」

兄弟は同時にうなずいた。兄のほうが口を開いた。

「鬼木田さん、岡田さんを閻魔庁へお送りいただけますか」

鬼木田は大きくうなずき返すと、岡田の手首を思いきりつかんだ。

「行くぞ。さっさと動け」

「えっ？ちょ、ちょっと！」

岡田は、鬼木田に引っ張られるようにして部屋をあとにした。

「おつかれさまでございました」

鬼元兄弟の重なった声が、岡田を見送った。

◆

官庁街のビル群の中で、ひと際荘厳で威圧感を放つのが閻魔庁だ。ＤＮＡのような二重螺旋の塔がそびえ立ち、ちょうど真ん中辺りが渡り廊下で連結されている。

意外にも話好きだった鬼木田によれば、鬼の角を模して建てられたもので、二基の塔はそれぞれ、「火柱」「氷柱」と名付けられ、火柱の内部は赤、氷柱の内部は青を基調としているという。閻魔大王は氷のほうにいるとのことだった。

岡田は鬼木田に連れられ、大きな青門をくぐり、氷柱の大広間に入った。

広間には、さまざまな鬼や人外の者たちが行き来していて、岡田は瞬きを繰り返した。スーツ姿の鬼たちが、金棒でゴルフスイングをしながら談笑している。黒いマントを着て滑るように移動している白い顔は死神だろうか。たくましい六本腕にそれぞれ荷物を持った、顔が三つあるのは阿修羅だろう。荷物には「ＨＥＬＬ　Ｅａｔｓ」とある。呆気にとられている岡田に、鬼木田が「そこで待ってろ」と受付前の椅子を指さした。

鬼木田が受付をすませている間、岡田は大広間の壁に架けられた巨大な肖像画に目を留めた。小さな映画館のスクリーンくらいはあるだろうか、絵には威厳のある風格の人物が三人描かれていた。

中心の椅子に鎮座する、炎のように真っ赤な顔。顔の半分を覆う豊かな髭。太い眉の下でにらみを利かせる力強い目。そして何より、冠の「大王」の文字。間違いなく、閻魔大王その人だった。

大王の左隣には、これまた鋭い目つきの年配の女性が大王の椅子の背に手を添えて立っている。派手な化粧と衣装のせいもあるだろうが、華やいだ雰囲気の美貌だ。恐らく大王の妻、閻魔女王といったところか。

そしてもう一人、右後ろに控える長い黒髪の若い女性。どことなく幼さの残る表情の中にも、大王の威厳と女王の美貌のいいとこどりをしたような凛とした美しさがあった。

「人間風情が、何、鼻の下伸ばしてんだ。ほれ」

受付から戻ってきた鬼木田が、木札を岡田に手渡した。年季の入った厚さ一センチほどの番号札で、かすれた文字で「四十八番」と書いてある。

「身分証だ。なくしたら命はないと思え」

「えっ、命……わかりました」

こんな古ぼけた木札がそんなに重要なのか。今ひとつ腑に落ちないところはあったが、岡田は木札をスーツの胸ポケットに押し込んだ。

騒然としたエントランスからひっそりとした通路に入ると、エレベーターホールに着いた。岡田と鬼木田のほかには誰の姿もない。鬼木田が上に向かうボタンを押した。

「謁見の間は三十階だ」

ガコン、という音とともにエレベーターが到着し、扉が開いた。でっぷりと太った鬼が一人、のしのしと出て行ったあとに、岡田と鬼木田が乗り込んだ。鬼木田が乗り込んだ瞬間、ぐっとエレベーターが沈み込んだ。

鬼木田が三十階のボタンを押したが、なかなかドアが閉まらない。カチカチとボタンを連打しても動き出さないので、業を煮やした鬼木田がゲンコツで操作盤をガツンとやると、ようやくドアが閉まり始めた。

「このクソおんぼろエレベーターめ！」

鬼木田の額に血管が浮き出ていたので、岡田は肩をすくめて身を固くした。

強い衝撃が全身に走り、エレベーターが急加速したので、岡田は必死で手すりを握りしめた。どっと冷や汗が噴き出る。エレベーターがガクガクとおかしな挙動をしてから、大きく揺れて停止した。バランスを崩した岡田は尻もちをつく。

鬼木田がぶつくさ言いながらエレベーターのドアを手でこじ開けると、外の様子が見えた。

エレベーターは降り場の床とかなり段差がついた状態で止まっていて、先に赤い絨毯の廊下が続いているのが見えた。

「まだ二十階じゃねえか。どうなってんだ、このポンコツエレベーター」

エレベーターに毒づいた鬼木田が、岡田を振り返った。

「先に階段で行け。俺は管理室に連絡してから行く」

「えっ……さ、先にですか。でもどこに行けばいいのか……」

「三十階のエレベーターホールで誰か待ってるはずだ。つべこべ言わず行けっつーの」

「そうですか……」

前に進もうとした岡田を、鬼木田が「ああそれからな」と言って呼び止めた。

「俺がエレベーター殴ったって誰にも言うな。言ったら今度はお前をぶん殴る」

岡田はうなずきながら、逃げ出すようにして階段に向かった。

◆

「やっと二十八階か。しかし魂になっても汗かいたり疲れたりするんだな」

岡田は手すりにしがみつくようにして階段を上っていた。鬼仕様なのだろうか、段差が大きく傾斜もきつく、息切れがして目の前がチカチカした。

そこへ、階段の上のほうから声がした。

「ああ、いたいた。待ちきれずに様子見にきてしまいましたよ」

手足が妙に長く、伸びた影のようなシルエットの鬼がひょこひょこと階段を下りてきた。

「さ、行きましょう」

岡田は荒い息を落ち着けようとしながらあとに続いた。

「あれ、ここ……」

岡田は二十九階の表示が見えたので「おや」と思ったのだが、鬼が早足で廊下の奥の角を曲がっていったので、あわてて追いかけた。

「さあ、急いで。もう君以外はそろっていますよ」

廊下の先、重厚な扉の前で鬼が手招きしている。

やっとのことで追いついた岡田に鬼が肩をすくめた。

「着任初日から遅刻とは、君も大型新人ですね。姫様は厳しいお方なんだから。教育係の私の身にもなってくださいよ」

そこで岡田は気づいた。この鬼は、ハロウィンの仮装のままの岡田を新人の鬼と取り違えているのだ。

岡田が「あの」と言ったのと、鬼が扉を開けたのは同時だった。

扉の奥は大きな会議場で、大勢の鬼の容赦ない視線が岡田に突き刺さる。

手足の長い鬼は、ぺこぺこ頭を下げながら、岡田の頭をつかんでグイグイと無理矢理お辞儀させると、岡田を部屋の中に連れ込んだ。

岡田は逃げ出そうかとも思ったが、無情にも背後で扉が閉まり、入口近くの鬼が鍵をかけたので観念した。ここはなんとかやり過ごすしかない、と思ったのもつかの間、手足の長い鬼が部屋の中央のほうへ岡田を引っ張っていく。余計に逃げられない状況になったが、おかげで室内の様子がよく見えてきた。

会議場の中央には大きな円卓があり、これまで見た鬼たちとは明らかに出で立ちが違う、見るからに地位の高そうな者が座っている。角もなく、平安貴族のようなきらびやかな装束をまとっていた。

「もしかして、この方々は地獄の神様……」

岡田は誰にも聞こえないようにつぶやくと、緊張で身をこわばらせた。部屋の壁周りにはずらりと屈強な鬼たちが立ち並んでおり、中には金棒や刀を携えている者もいた。

円卓の上座に当たる場所には、黒髪の端麗な女性が背筋を伸ばして座っていた。

岡田は大広間の巨大な絵を思い出した。間違いなく閻魔大王の右後ろにいた女性だ。先ほどの手足の長い鬼は「姫様」と言っていた。ということは……目の前にいるのは閻魔姫。岡田は「とんでもないところに迷い込んでしまった」と、恐ろしさのあまり、めまいがした。

閻魔姫はゆっくりと周りを見回してから口を開いた。

「そろったな。では、会議を始める」

目の前で応酬される会話は一ミリも理解できなかったが、指先すら動かすのをためらうほどの緊張感で、岡田は頭の中だけは冴えわたっていた。

下手に動いて注意を引いてはいけない。そうだ、空気だ。無色透明の空気に自分はなるのだ。岡田は何度も自分にそう言い聞かせた。

その懸命の努力は、最初はうまくいっていたが、途中から雲行きが怪しくなってきた。汗が引いて身体が冷えてきたのだ。部屋はやけに空調が効いている。鼻がむずむずしてきた。くしゃみが出そうだ。閻魔姫の言葉に、皆、真剣に耳を傾けている。岡田は顔をゆがめ、必死にくしゃみの発作を鎮めようとしたが、むしろこれがまずかった。

「んぶぶっひょん」

我慢したがゆえに、自分でもこれまで聞いたことがないほどヘンテコなくしゃみが暴発し、はずみで口から牙の入れ歯が飛び出した。

入れ歯は宙を舞い、机の上で二、三回弾んで、閻魔姫の目の前にちょこん、と載った。

その場にいた全員の視線が一斉に入れ歯に注がれ、次いで岡田に突き刺さった。岡田は絶望という言葉の本当の意味を実感した。

「なぜ人間がここにいる」

閻魔姫が氷のような眼差しで岡田をにらんだ。岡田は誤解を解こうと口を開いたが、顎が言う事を聞かず、歯がカチカチと鳴るばかりだった。

サングラスをかけた護衛役らしきスーツ姿の鬼が、目にも留まらぬ速さで閻魔姫と岡田の間に割って入った。

「答えろ、曲者！」

護衛が岡田を怒鳴りつけた。岡田は泣きそうになりながら考えを巡らす。ふと、脳裏に木札が思い浮かんだ。受付で鬼木田から受け取った木札。身分証だったか。これを見せればあるいは——。

岡田が木札を取り出そうと、不用意に胸ポケットに手を突っ込んだのがいけなかった。

攻撃のサインと受け取った護衛が、たくましい二の腕を振るって岡田に強烈なフックを浴びせかけてきた。岡田によけられるはずもなく、まともに顔面に食らって部屋の壁まで吹っ飛んだ。

カラン、と音がして、床の上に木札が落ちた。皆の視線が一斉に木札へと注がれる。

「その木札……するとこの者はもしや……」

そこへ会議場の扉が開き、鬼木田が入ってきた。

「姫様、大変申し訳ございません。ここに人間が手違いで迷い込んで……あ！」

薄れゆく意識の中で岡田が最後に見たのは、こちらを見つめる鬼木田の申し訳なさそうな顔だった。

◆

目を覚ますと、のぞき込むまさみの顔があった。

「あれ、まさみさん、なんで……あっ、ツッ」

起き上がろうとした瞬間、脳がねじられたように痛んで岡田は顔をゆがめた。

「私も閻魔庁に呼ばれてさ。なんか記録担当の鬼にいきなり合格とか言われて。で、廊下を歩いてたら、見覚えのある君のお間抜けな顔が、真っ赤な顔を真っ青にした鬼に担がれているのを目撃して。どうしたのって叫んだら、知り合いかって言われて、なんだか一緒に連れてこられちゃって。あ、まだ寝てたほうがいいよ。鬼に殴られたんだもん。とんだ手違いで……ねえっ」

まさみの最後の言葉は、岡田ではない別の誰かに向けられたもののようだった。視線の先を追うと、テーブルを囲んでソファの上座に不機嫌な表情で腕組みした閻魔姫の姿があった。

「仕方なかろう。よもや閻僚会議に人間が紛れ込むとは」

「まったく、早とちりもいい加減にしていただかないと……」

おっとりした口調の男の声が聞こえた。岡田がゆっくりと身を起こすと、眼鏡をかけた落ち着いた風貌の男が閻魔姫の背後に控えているのが見えた。先ほどの会議で閻魔姫の隣にいたような気もするが、装束から見てもそれなりに位の高い神であろうことがうかがえた。閻魔姫が咳払いをした。

「岡田とやら、すまなかった。わらわは閻魔大王の娘。後ろのが青蓮院《しょうれんいん》じゃ」

青蓮院が岡田に笑いかけた。

「初めまして。私、閻魔庁行政改革大臣を務める青蓮院と申します」

岡田はあわてて姿勢を正した。

「えっと、初めまして。岡田聖一と言います。閻魔大王のお嬢様に、閻魔庁行政……えと、なぜそんな偉い方々が？　というか、僕たちはなぜここに？」

閻魔姫が、軽くうなずいた。

「単刀直入に言おう。諸君には、わらわがこの地獄を改革する手伝いをしてもらいたい」

「改革……手伝いを……この僕が？」

狐につままれたような顔の岡田に、閻魔姫は続けた。

「この地獄の行政システムはあらゆる所で旧態依然とした慣習が蔓延しておる。長時間労働、危険作業は当たり前、閉塞感の漂う職場で鬼たちの士気も落ちている。業務の負荷は増える一方で、人材不足は深刻だ」

「地獄はブラック企業化していると?」

「岡田殿、少し言葉が……」

青蓮院が岡田をたしなめようとしたのを、閻魔姫が軽く手をあげて制した。

「よいのだ、青蓮院」

閻魔姫がため息をついて続けた。

「表向きは父上、すなわち閻魔大王の命の下に動いてはいるが、行政改革委員会も所詮は建前上の組織、与えられたのも、謁見の間とこの無駄に大きな机だけ。父上からは改革など一切手をつけずに黙って椅子に座っていろ、と言われる始末だ。だが、このまま手をこまねいていては地獄が機能停止するとわらわは考えている。そうなれば天界から監督能力なしの烙印を押され、我々地獄の神々は総退陣となるだろう。それを避けるべく、動き出しているところだ」

話を聞いていたまさみが首をかしげた。

「でもそれって、お父上である閻魔大王様の方針に逆らうってことじゃないですか」

青蓮院が身を乗り出してまさみの目を見据えた。

「地獄の未来のためには、誰かが立ち上がらなければならない。その役目を姫様が買って出てくださった。姫様に従う我々は皆、志を同じくし、地獄の衰退を見過ごせない者ばかりです」

「青蓮院、そなたには感謝しておる。わらわの改革はそなたなしには完遂できないだろう」

「もったいないお言葉。ありがたき幸せにございます、姫様」

青蓮院はうやうやしく閻魔姫に一礼すると、岡田に向き直った。

「とは言え、我々も戦力が限られているうえ、どこから手を付けてよいか途方に暮れていました。そこで姫様から、人間の知恵を借りてみては、とご提案がありました。はじめは私も反対したのですが、冷静に考えると昨今の人間界の技術発展には目を見張るものがあります。『人間はあらゆる点で神に劣る』という、まさにその考えが、我々が変えるべき古い発想なのではないか。そう考えたのです」

青蓮院が眼鏡を指で押し上げて続けた。

「半年後の地獄神総会で、本委員会の存続が審議されます。まだ成果を出せていないので、本委員会は解体される可能性が大です。地獄の現状を憂いている神々も少なくありませんが、大王に反して存続に票を入れる正当な理由がないのです。しかし、我々が結果を示すことができれば、存続のチャンスが生まれます。姫様と私で、水面下の根回しは始めています」

岡田はうなずきつつも、疑問を口にした。

「地獄には改革が必要で、人間の手を借りるというところまではわかりました。でもなぜ、僕とまさみさんに白羽の矢が立ったのでしょうか」

ふっと青蓮院が微笑んだ。

「もちろん、候補者はあなた方だけではありません。人間界の最新事情や技術に詳しく、かつ改革を成し遂げる力がありそうな方々には声をかけていますよ。岡田殿は現世ではシステムエンジニアだったので、システム構築力に期待しています。一方で相川殿は――」

「ユーチューブ界では有名な存在だから、ですよね?」

まさみが自信満々に胸を張るが、青蓮院は首を横に振った。

「いえ。突破力のありそうな性格だからです。ユーチューバーとしての評価は特に」

まさみが露骨にむっとした顔をした。

「てか、私たちにはメリットがある話なんですか」

まさみの問いかけに、閻魔姫は居住まいを正した。

「無論、ただで協力しろとは言わぬ。成功の暁には、相応の褒美を取らせよう。青蓮院、説明を」

青蓮院は閻魔姫に頭を下げ、岡田たちに向き直った。

「改革プロジェクトはいくつかあり、その合否を現場の鬼たちが判定します。期限までに『いいね!』か『だめだね!』の票が入り、『いいね!』でプラス1ポイント、『だめだね!』はマイナス1ポイントです。獲得点はプロジェクト参加者で分け合い、点数に応じて褒美が決まります」

岡田が思わず身を乗り出した。

「例えば褒美として、現世に生き返る、ということもできるのでしょうか」

「はい。ただ、かなり点数を稼ぐ必要がありますね。あなた方の死を知る者たちの記憶を少しばかりいじるための面倒な手続きが必要なので」

その言葉に、岡田は希望の光が見えた気がした。

「ちなみに、改革プロジェクトに失敗した場合はどうなるんですか」

まさみの質問に、青蓮院が言いにくそうに肩をすくめた。

「地獄神総会までの最終獲得ポイントが基準点以下の場合、その人間は『地獄の業務を改悪した』重罪で魂消滅の刑に処されます。担当プロジェクトが一つでも不合格判定の場合も同様です」

「そんな……」

「そもそも改革に人間を使う承認がなかなかおりず、我々も大王様から出されたこの条件をのむしかなかったのです……」

二人は言葉を失い、押し黙った。

「ですから、みなさまにはご自身の意思でどちらか選んでいただいています。改革の話はすべて忘れ、いつ終わるとも知れぬ囚われの日々を過ごして刑を全うするか、自らの魂と希望をかけて我々の仲間に加わるか。我々はあなた方の意思を尊重しますが、どちらにせよ、後戻りはできません」

岡田は考え込んだ。申し出を受けて成功すれば、数カ月程度で現世に戻れる可能性がある。美優にも再び会えるだろう。だが、失敗すれば魂が消滅する。申し出を断れば審査場に戻され、何十年、あるいは何百年かわからない地獄での生活を余儀なくされる……考えが堂々巡りして踏ん切りがつかない。隣のまさみも、思いを巡らせているようだった。

「……少し時間をもらえますか」

そう聞いた岡田に青蓮院は微笑して答えた。

「もちろんです。私の連絡先を部下に伝えさせますので、今夜中にメールでお返事いただければ。ただし、不参加の場合は次の候補者に権利を回しますので、この先、声がかかることは二度とないと思ってください」

岡田とまさみはうなずき、閻魔姫と青蓮院に一礼して部屋を出た。出がけに青蓮院が二人の背中に、「よいお返事を期待していますよ」と声をかけた。

◆

岡田とまさみは、地獄内を走るシャトルバス「ファイアーカート」に揺られていた。二人の間に会話はなく、それぞれ物思いにふけっている。すでに審査場は閉まっているため、青蓮院に紹介された宿泊施設に向かっていた。

夕焼け空の遠くに一番星が見えた。はかなげに瞬く星を岡田はぼんやりと見つめながら、死後の世界にも空や海、星があることを不思議に思ったが、「いや、人間のみならず動物や昆虫、植物に至るまで魂があるとすると、宇宙に魂があってもおかしくないのか」などと考え直した。

ファイアーカートがいくつか橋を越えた辺りで、卵の腐ったような刺激臭が強くなった。車窓からの景色はビル街からひなびた温泉街のような場所へと移り変わっていた。

ファイアーカートは年季の入った旅館を彷彿とさせる、木造の建物の前に二人を置いて走り去って行った。建物の看板には「ホワイトサンド」とあった。

「ここで寝泊まりするわけね。レトロ感あっていいじゃない」

「そうですかね。閻魔庁周辺とギャップが激しいけど。都市計画みたいなもの、ないんですかね」

まさみは「何つまんないこと言ってんの」と鼻で笑って、スマートフォンを構えつつガラス戸を開けた。

玄関を入ってすぐ右手に受付があり、度の強そうな眼鏡を鼻に引っかけた、真っ白な髭の鬼が二人をジロリとにらんだ。正面には大きな階段があり、踊り場で左右に分かれていた。一階の左手奥には洋風の扉があり、その向こうから漂ってくる何とも言えない良い香りに、岡田はそこが食堂なのだろうと推測した。

二人はそれぞれ受付をすませた。建物は三階建てで、岡田には三階、まさみには二階の部屋が割り当てられていたが、少しでも見晴らしがよい部屋がいいとまさみが言い出したため、部屋を交換することにした。まさみが聞き出したところによると、この旅館「ホワイトサンド」は老鬼夫婦が切り盛りしているらしく、受付にいた眼鏡の鬼が夫で、妻が食堂をまかなっているとのことだった。

横で話を聞いていた岡田の腹が鳴った。

「魂になってもお腹って減るんだね」

次いで、まさみの腹も鳴った。

「よし決まり。一回部屋に行ってから食堂に集合。そこで閻魔姫様からの依頼を受けるかどうか、考えましょ。腹が減っては何とやらだし」

ホワイトサンドの食堂は江戸時代の造り酒屋を洋風にリニューアルしたような不思議な内装だった。狭い店内には大きめのテーブルが三つ並んでいる。宿泊客と思われる鬼たちでテーブルの二つが埋まっていて、色とりどりの飲み物が入ったグラスを手ににぎやかに談笑していた。岡田とまさみは空いているテーブル席に腰を下ろした。

「いらっしゃあい」

カウンターの奥から、髪を紫に染めた年配の女性の鬼が姿を現した。鬼はメニューをテーブルに置くと、二人の顔を交互に見つめた。

「あんたたちも閻魔姫様が始めた改革とやらの手伝いだね？」

岡田が「あー」と言って頭をかいた。

「それが……まだどちらでもないと言うか。今日中に回答する必要があるんです」

鬼は店内の壁時計に目をやった。

「そうかい。まあ、じっくりお考えよ。あたしはここの女主人さ。『ママ』と呼んどくれ」

メニューからいくつか選んで注文すると、ママは厨房に引き上げていった。

「あと三時間か……まさみさん、考えまとまりました？」

岡田が時計を見ながらため息をついた。まさみは先ほどから、心ここにあらずといった様子だった。

「チャレンジしなければ地獄にステイ決定。成功してうまくいけば現世に復活、失敗したら消滅か……そう簡単に決められないよね」

「ですよね」

「岡田くん、まだ現世に未練ある？」

「そりゃ、ありますよ、いっぱい」

「だよねえ」

「親孝行もまだだし、友だちとスノボ行こうって言ってたし、でもやっぱ何より美優のことですね」

「彼女さんだっけ」

「はい。プロポーズしようと思ってて。指輪を渡そうとしていたところだったんです」

「そっかあ」

頬杖をついて遠い目をしているまさみに、今度は岡田が尋ねた。

「まさみさんはどうなんですか」

「私は……割とやりたい放題やってたからなあ。彼氏はけっこう前に別れたきりだし。親ももういないし。そう言えば、あの人たちは天国のほうに行ったのかな」

まさみはそこでふいに言葉を詰まらせた。やがてゆっくりうつむくと、その目から涙がこぼれ落ちた。

「……やっぱりこれ、現実なんだね。しかも地獄行きって何なの。審査場とか、閻魔姫とか、地獄の改革とか……もう、わけわかんない。岡田くん、なんでそんな冷静でいられるの」

気丈に振る舞っていたまさみの思わぬ反応に、岡田はうろたえた。助けられていたのはむしろ自分のほうだと思っていたのに。

すすり泣くまさみに岡田はかける言葉が見つからず、二人の会話が途切れた。岡田は気まずさのあまりにトイレに向かった。用を足して戻ってくると、男がまさみに話しかけていた。

「あの……どちら様ですか」

おずおずと問いかけた岡田を、男は怪訝そうな顔でちらりと見たが、すぐににっこりと微笑んだ。整った歯がまぶしいほどに白く光った。とびきりのハンサムというわけではないが、親しみ深い笑顔に愛嬌がある。身体にぴったりフィットしたスーツを着こなし、清潔感があった。

「ああ、失礼。こんな場所で一人、涙する美しい女性に、思わず話しかけずにはいられなくって。僕は柿崎恭二郎《かきざききょうじろう》と言います。君は彼氏？」

突然の不意打ちに岡田はうろたえつつ手を振った。

「いえいえ。ちょっと袖すり合うご縁という感じでして……」

「そっか。じゃあ僕がアプローチしても問題ないですね」

「え……ま、まあ、それは……」

岡田が口ごもっていると、落ち着きを取り戻したまさみが仏頂面でピシャリと言った。

「どうぞご自由に。ただしまったく効果ありませんけどね。今も、そしてこれからも」

「僕の笑顔、よく『一目惚れしちゃう』なんて言われるんですけどね。地獄で腕がなまっちゃったかな」

大げさに肩を落とす仕草をした柿崎の背後から別の男が現れた。

「柿崎さん、また見境なく女性に声かけて。ホストクラブで刺されてここに来たの、忘れたんっすか」

柿崎とは対照的に、寝ぐせのついたもじゃもじゃの髪に、少し出っ歯ぎみの口元があか抜けない印象だった。柿崎がため息まじりに振り返った。

「塚本さぁん、いつもながらタイミング悪すぎなんですよ。ここから巻き返すところだったのに」

まさみが面倒臭そうに顔をしかめた。

「勝手に話を進めないでください。なんなんですか、あなたたち。もうすぐ料理が来るんだから邪魔しないで。お腹空いて死にそうなんです」

「もう死んでますけどね」

満面の笑顔の柿崎の襟首を、もじゃもじゃ髪の男がつかんで引き上げた。

「ですよね。失礼しました。この人ちょっと病気なんっすよ。さ、行きましょう、柿崎さん。早く明日の準備しなきゃ。『いいね！』の数、ここで稼いどかないと」

岡田とまさみは、「えっ」と小さく叫んで、顔を見合わせた。

「ちょ、ちょっと待ってください。あなた方……え、と塚本さんと柿崎さんも、地獄の改革に携わってるんですか」

塚本と柿崎は動きを止めた。塚本の手を振りほどいた柿崎がスーツのしわを直した。

「ええ、少し前からですが。ということはあなた方も？」

岡田とまさみがうなずき、塚本と柿崎に席を勧めた。

「僕たちは先ほどオファーされたばかりで、今日中に参加するかどうかの返事をしなければいけないんです。よかったら、話を聞かせてくれませんか」

注文したメニューが次々と運ばれてきたので、四人は一緒に食事をしつつ、情報交換することにした。ママの料理は時折地獄ならではの昆虫やら、おかしな色のキノコやらが入ってはいたものの総じて美味で、四人の会話の潤滑油になった。

柿崎はかつて新宿界隈では名の通ったホストで、最高月収を聞いた時には岡田は思わず箸を落としてしまった。だが、天狗になって既婚の女性客に手を出したのが運のつき。女性が柿崎に多額の金を貢いでいたことを知った夫が激高し、店に乗り込んできて柿崎の腹を刺した。柿崎はそのままシャンパンタワーに倒れかかり、ピンクにきらめくドンペリニヨンの海で息絶えたとのことだった。

塚本はフルネームを塚本時男《つかもとときお》と言い、裏の世界の住人で、企業や個人から依頼を受け、違法なハッキング作業を請け負うクラッカーとして生計を立てていた。もともとのめりこみやすい性格で、侵入するシステムのセキュリティが強固であればあるほどムキになり、寝食を忘れて作業に没頭した。ある時、かなり手ごたえのあるシステムに不眠不休でアタックをかけた結果、自分の部屋で突然死してしまったのだと言う。

岡田が柿崎と塚本に尋ねた。

「お二人はどうして閻魔姫の依頼を受けたんですか。リスクもあるのに」

まさみもうなずいて、二人に回答をうながした。柿崎が口を開いた。

「うーん、端的に言えば、現世で僕を待ってる女の子たちがいるからですね」

塚本が柿崎のあとに続いた。

「俺は地獄の改革そのものに興味があるから、です。褒美とか正直どうでもよくて。だって単純に面白くないっすか」

二人があまりにもあっけらかんと答えるので、岡田は不思議そうに尋ねた。

「お二人とも、改革が失敗した時のリスクって考えてないんですか」

柿崎は岡田の疑問を笑い飛ばした。

「そりゃ考えたさ。でもリスクって言うけど、やる前から失敗した時のことばかり考えていたら一歩も動けなくなっちゃいますよ。それに、僕たちは一度死んだ身ですからね」

塚本も肩をすくめて言った。

「リスクがないチャレンジなんて、何が楽しいんすか。背水の陣くらいが一番アドレナリンが出て気持ちいいっすからね」

迷いなく挑戦に舵を切った者たちを目の当たりにして、岡田は迷っていた自分の背中がそっと押されたように感じた。それとなくまさみに目くばせする。

「まあ、これ以上くよくよ考えてても仕方ないか。よーし、こうなったら地獄のトップインフルエンサー、目指してやる！」

何かが吹っ切れたような表情のまさみは、決意に満ちた眼差しで岡田にうなずいた。

◆

翌日、岡田とまさみは塚本、柿崎とともにファイアーカートで官庁街の一角にある審査場のオフィスへと向かっていた。昨晩、改革に参加すると申し出ると、しばらくして青蓮院から岡田とまさみの参加登録完了の返信があった。続いて、リアルタイムでポイント獲得状況が確認できるスマートフォンアプリの登録案内が届いた。

二人は最初のプロジェクトを何にするか迷ったが、ちょうど増員を募集していたとのことで、塚本、柿崎が現在参加している「審査システム改革プロジェクト」に合流することにしたのだった。

柿崎の話によると、審査場では担当する人間の生前の記録を審査官が検索し、人間との面談を通じて生前の行いに間違いがないかを確認する。その後、生前の記録に対して罪の種類と重さが言い渡されるとのことだった。

「オフィスの中、戦場っすよ」

バスの中で塚本がぽつりと漏らした言葉を、岡田は少し「盛った」ものと受け止めていたのだが、オフィスに一歩足を踏み入れた瞬間、それが決して誇張ではなかったことを実感した。

その空間には、怒号の弾丸が飛び交い、癇癪が至る所で暴発していた。オフィスの中では平机にぎゅうぎゅうに詰め込まれた鬼たちが、ヘッドセットの向こうの誰かに赤い顔をさらに真っ赤にして怒鳴り散らしている。そこここに都会のビル群のような書類の山がそびえ、なだれが起き、小競り合いが発生していた。

何人もの若い鬼がふうふう言いながら書類の束をあっちこっちに運んで回っていて、その先には腕が四本ある鬼がハンコを四つ持って乱れ打ちしていた。

岡田が呆然として辺りを見回しながら言った。

「な、なんだこれ。まだこんなオフィス、絶滅してなかったんですね」

まさみはスマートフォンをかざしながら喜んでいた。

「いい。とってもいい。この昭和の雰囲気。貴重だわ」

入口を塞ぐように立ち尽くしていた岡田たちの背後から、「どけ」と野太い声がした。振り返ると、黄色と黒の縞模様のシャツに身を包んだ、二メートルはある巨体の鬼が立っていた。片手で書類を無造作につかんでいるのだが、まるで折り紙でも持っているかのように見えた。岡田たちは、さっと脇によけた。

縞シャツの鬼は、「中立受付」と天井からプレートが吊るされた席に大股で歩いていくと、ドサッと書類を置いた。

黄色に黒の水玉模様のリボンを角に付けた可愛らしい鬼が、驚いて椅子から少し身体を浮かせた。

制服の胸に、「桜鬼」と書かれた名札が見えた。

「不服申し立てだぜ」

縞シャツがぶっきらぼうに言うと、桜鬼はおずおずと尋ねた。

「えーと、どの魂でしょうか」

「ほら、罪を浄化して天国に行けるという触れ込みの水を売って荒稼ぎしていた詐欺師で、騙されたことに気づいた被害者の一人に殺された……」

桜鬼がパソコンを操作してディスプレイを縞シャツにくるりと向けた。

「この魂ですかね」

「おう、それそれ。担当の審査官は誰だ。ちっ、まーた、あいつか。使えねーな」

縞シャツが高笑いしたところで、奥にいたベテラン風情の鬼がつかつかと歩み寄ってきた。黒縁眼鏡のつるの部分が黄色と黒の縞模様になっていた。桜鬼があわててディスプレイを自分のほうへ戻し、パソコンに向き直った。

「またあなたですか、鬼久保さん。わざわざうちの課に来て油を売るのはやめていただきたい。皆、目が回るほど忙しいのでね。あなたのおしゃべりに付き合っている暇はないのです」

鬼久保と呼ばれた縞シャツはあからさまに不機嫌な表情を見せた。

「岩鬼《いわき》さんよ。名前の通りお堅いこって」

「あなたこそ、図体ばかりでかくて、脳みそまで筋肉なのでは」

「んだと」

一触即発の雰囲気に、岡田は岩鬼に話しかけた。

「あ、あの……」

岩鬼と鬼久保が、不機嫌そうな顔のままくるりと岡田のほうを向いた。岩鬼が眼鏡を押し上げながら怪訝そうな顔で言った。

「おや、塚本さんと柿崎さん。こちらのお二方は？」

柿崎が満面の笑みで岩鬼に頭を下げた。

「おはようございます、岩鬼さん。こちらは岡田さんと相川さんで、本日からチームに合流します。青蓮院さんから審査場にご連絡があるとお聞きしておりましたが……」

岩鬼がゆがんだ表情で腕を組んだ。

「私は何も聞いておりませんが。困りますな、柿崎さん。これ以上、頭数ばかり増えても、船頭多くして……」

「青蓮院様からお二方のことはお聞きしております」

よく響く深い声が、岩鬼の言葉をさえぎった。

しわ一つない白のスーツに灰色のシャツ、光沢のあるエナメル靴、ロマンスグレーの髪をオールバックになでつけた、渋みのあるダンディな鬼が岩鬼の背後に姿を現し、岡田たちに頭を下げた。

「ここの責任者の鬼嶋です。青蓮院様からお二方が合流すると聞いておりました。現場に共有できていなかったのは私のミスです。申し訳ない」

岩鬼は小さく何かぶつくさ言っていたが、それ以上は嚙みついてこなかった。鬼久保は居場所を無くしたのか、いつの間にか姿を消していた。

岡田が鬼嶋に頭を下げ、ほかの三人も続く。

「お世話になります。かなり何というか……ワイルドな職場なんですね」

「昔に比べれば、ずいぶん軟弱になりましたがね。かつてはガンガン議論して、日付が変わるまで仕事してから飲みに行って、また仲良くなって、なんてのが日常でしたからね。それが今では、若い鬼たちは夜の付き合いは悪いわ、いきなり仕事に来なくなるわで……。時代が変わったということなんですかね。とにかく、気骨と反骨、気合と根性で生きてきた私みたいな昔の鬼には、ちょっと今どきのやり方ってのがよくわからなくて。で、青蓮院様に業務改善支援をお願いしたと、こういうわけです。ここはひとつ、よろしくお願いしますよ」

鬼嶋は「では」と言って岩鬼に目くばせして去って行った。岩鬼はコホン、と咳払いした。

「まあ、そういうことで、正式にお二方が合流したということですな。業務改善はいいのですが、くれぐれも仕事の邪魔にならないようにしてくださいよ。あ、それから塚本さん」

塚本が「なんすか」と言って一歩前に出た。岩鬼が眼鏡を押し上げる。

「先日入れていただいたワークフローですがね」

「はい。その後どうすかね。少しはお役に立ちましたか」

「いえ、全然。使い勝手が悪いので、誰もまったく使っていません。次はもっとましな提案にしてくださいね。このままだと、あなた方の前任者と同じく『不合格』と判定せざるを得ませんから」

岩鬼は道端の石でも見ているかのように塚本に視線を向けたあと、オフィスの奥のほうに去って行った。

後ろ姿を見送る塚本の拳がかすかに震えているのを、岡田は見逃さなかった。

◆

「ちっくしょー、うまくいかないもんっすねー」

塚本が四人掛けのベンチに足を投げ出して座り、天を仰いだ。岡田も腰を下ろそうと思ったが、柿崎がまさみに席を譲っているのを見て、思い直して立っていることにした。

まさみが隣の塚本のほうを見やった。

「ワークなんとかを入れたって言ってたけど、使えないとか派手にディスられてたね」

「手始めにポータルサイトの経費申請ワークフロー改修を担当したんすけど、そんなに使い勝手は悪くないはずなんすけどね」

審査場の中庭は休憩スペースを兼ねていて、陸上のグラウンドの半分くらいの広さの芝生に木製のベンチが四つずつの二列、個々に距離をとって並べてあった。芝生は場所によって伸びすぎていたり、あるいは地肌が見えていたりしていて、ベンチは風雨にさらされて塗装がボロボロで、お世辞にも手入れが行き届いているとは言えなかった。

案の定、岡田たち四人以外には誰の姿も見えず、どこか荒んだ雰囲気が漂っていた。

岡田は腕組みをしながら、審査場の様子を思い出して言った。

「現場のみなさん、書類仕事とか押印とかに時間を取られて忙しそうでしたよね。やっぱり業務の効率化だと思うんですよね。ペーパーレス化、電子化した書類の文書管理、稟議業務へのワークフロー導入とか」

塚本が「そっすね」と言ってうなずいた。

「すごい速さでハンコ打ってる鬼がいましたからね。稟議書をデータに取り込んで、電子押印にするだけでも相当効率化できそうっす」

「いきなりそこに飛びついちゃう？　さっき、経費なんとかワークフローもダメ出しされてたじゃん。何かまだありそうじゃない？　もう一歩踏み込めそうな」

まさみが腑に落ちないといった顔で首をひねり、柿崎が同調した。

「まさみちゃんの言う通り。安易に目の前の解決策に飛びつくのではなく、もうちょっと調べてみたほうがいい気がします」

塚本がムッとした顔で柿崎に反論した。

「安易にって……。こういう場合、システム化やペーパーレス化が定石っすよ。これだから技術に疎い人は困る。柿崎さん、受付の桜鬼さんと仲良くなりたいだけなんじゃないすか」

柿崎が頭をかいて笑いながら「ばれたか」と言った。

まさみが岡田に尋ねた。

「岡田くんだったらわかってくれるよね。まだ解決先の検討には早いって」

「あ、ごめんなさい。僕はどちらかというと、塚本さん寄りの考えです」

まさみは「えー、うそ」と言って口を膨らませた。塚本が立ち上がった。

「とにかく一部電子化はされているけど非効率なところがたくさんあるっすね。さっそく明日からシステム化に向けて要件を定義していきましょう」

うなずく岡田に、まさみが仏頂面で言った。

「私たちはＩＴ技術に疎いし、現場の人たちからもう少し話を聞くことにする」

「わかりました。この件は僕と塚本さんがメインでさばいたほうがよいと思いますので、それで大丈夫です」

そう答えた岡田の横から柿崎が言った。

「僕もシステム開発とか、からきしだめなんで、まさみちゃんにお供しますね。そうだ、これから二人で夕食でもご一緒しながら作戦会議とかどう――」

「却下」

全否定された柿崎は「あれあれ、参ったなー」と言ってからからと笑った。

◆

翌日から、岡田と塚本は宿と審査場を行き来しつつ、システム改善の検討を開始した。

会議室の代わりにと、ホワイトサンドの倉庫の一画を間借りし、黒板にピンクの付箋で「気づき」を貼り出していった。

・生前の記録確認に時間がかかる
・記録の重複、消失が発生
・システム操作に不慣れ
・部署間で異なるデータベースを使用
・罪の判別基準の個人差

まるで魚の鱗のように、黒板は瞬く間にピンクの付箋でびっしり埋め尽くされた。

さらに、面倒くさがる審査官たちに食い下がってヒアリングした業務フロー図を別の黒板に整理し、そこに課題を書いたピンクの付箋をマッピングしていき、業務フローと課題を対比させていった。

ある問題が解決できるかどうかは、問題そのものをどれだけ確からしく設定できるかに大きく左右される。岡田と塚本は、時に激しく意見をぶつけ合いながら、課題を構造化し、優先順位付けを進めていった。

「疲れたっすね。飯でも行きますか」

「まさみさんと柿崎さんも来ますかね」

岡田の言葉に、塚本は「ふん」と鼻を鳴らした。

「なんか忙しいみたいっすよ。と言っても、まさみさんは趣味の動画撮影、柿崎さんに至ってはナンパみたいなもんすけどね。何の意味があるんだか」

「彼らなりに考えて動いてるんでしょう。僕たちだけで行きましょうか」

そんなやり取りが一週間ほど続き、納得できるレベルまで課題整理が完了すると、二人は次のステップに進んだ。ピンクの付箋の課題をグルーピングし、その課題が解決されたあとのあるべき姿を「迅速な生前記録」「記録の適切な管理と保存」「ユーザーフレンドリーなインターフェースと使用感」「適切な罪状決定」などと青い付箋に書き出していった。

「次は、このピンクの状況が青の状態になるために何をしていくか、を考えるわけだけど、塚本さん、地獄では現世と同じくらいのデジタル技術は使えると思っていいですか」

「ういっす。前に青蓮院さんに確認したところ、ＡＩやデータ加工ツールのアプリ、ミドルウェア類、データベース、あとサーバー、ネットワーク、センサー機器みたいなハード面、それから通信網とか、だいたいの要素は現世そのまま使えるらしいっす」

「さすが。じゃ、解決案はこの黄色い付箋に書いていきましょう。この調子でいけば、予定より早くプロジェクト完了できるかもしれません」

岡田と塚本は、次々と解決策と、それを実現するシステム案を出していった。岡田にとって久方ぶりの課題分析は、脳が活性化するようで楽しかった。塚本もこの知的スパーリングを楽しんでいるようで、二人は寝食を忘れて作業に没頭した。夜が明けて、スズメの鳴き声が聞こえてきた頃、大枠の改善策がまとまった。

◆

岡田たち四人は審査場業務の改善策を提案すべく、床が油で滑る食堂の一画を簡易的なパーティションで区切った会議スペースで、鬼嶋と岩鬼を前にしていた。

「……ということで、魂の生前記録の自動取得、記録データの電子化と一元管理、システム利用方法のレクチャーとマニュアル整備、それにＡＩによる罪状判断をご提案します」

やけに動作音が大きいプロジェクターで投影したスライドの最後の一枚の説明を終え、岡田が鬼嶋のほうを見る。黙って腕を組んで聞いていた鬼嶋が口を開いた。

「確かに生前記録は正確に取ることができていません。最近は人間の寿命が長くなってきていて、一生のうちに犯している罪が多すぎるんです。魂がこちらに来て、鏡に映る生前の行いを記録し、確認するだけでもかなり時間がかかっている。システム化すると確かに効率化できそうですが、導入にはかなりの時間と手間がかかるのでは?」

鬼嶋の質問は想定内だった。岡田は力強くうなずいた。

「実は人間が生きているうちにデータの取得を始めようと思っています」

「ほう、生きているうちに。しかしどのように？」

今度は塚本が答えた。

「地獄に現世の人間用のデータベースを構築しておいて、現世の監視カメラやスマートフォンと連動させます。そして、生前から罪の検出をほぼリアルタイムで実施します。これにより、人間が地獄に堕ちてきた段階で検出工程はほぼ完了しているんで、スムーズに後工程に進めるというわけです」

「なるほど。であれば、検出だけでなく、罪状判定も効率化できるといいんですが」

「検出した罪の重さに応じてポイントをつけておいて、人間が死んだ段階で犯罪カテゴリごとの悪行ポイント数を集計することで、どんな罪でどのくらいの刑期になるかがおおよそ把握できるようになるっす」

「おおよそか……。そこなんですよ。どうしても罪の重さが審査官の主観で決まってしまうところがある。明確に基準がなかったこともあって、審査官の性格や好み、価値観などによって違う判断になってしまうことも多いんです。審査に関わる職員同士でも判断の違いでいがみ合いになることもあって、この点はどうでしょうか」

塚本は自信ありげに笑った。

「そこでＡＩの登場っす。主観による基準のブレを抑え、より高い公平性を実現します」

鬼嶋はＡＩという言葉に眉をひそめた。

「よくわからんのだが、審査官でさえ審査基準があいまいなのに、機械が罪状を判定できるんですかね」

　岡田が補足する。

「まず審査官のみなさんにヒアリングして、ある程度の審査基準を決定します。特に正しい判断ができている審査官の審査結果、そして二次審査や最終審査、不服申し立てを経て正しく補正された審査結果をＡＩに取り込ませて学習させ、機械で一定の判断ができるようにしていくのです」

「機械による審査か……間違いはないんですか」

「最初は審査官の方に結果をチェックしていただく必要はありますが、多くの学習データを読み込ませれば精度が上がりますし、間違えた時は『違う』と教えれば学習します。もちろん審査業務を完全にＡＩ任せにするわけではなく、最後の総合判断は審査官が行います。ただ、ＡＩの判定基準を参考にすれば、手間とブレがかなり減らせることは間違いありません」

「わかりました。まずは取り入れてみましょう。地獄でも少子高齢化が進んで、人手不足になっています。効率化はどうしても必要です。岩鬼、どうだ、この方法で何か問題はあるか」

　鬼嶋から急に意見を求められた岩鬼はハッと顔を上げた。

「そうですね……すばらしい仕組みだとは思いますが、審査官たちはまだシステムの操作にも不慣れでして、このような高級なシステムを入れられても使いこなせるかどうか……」

「そこは研修メニューやマニュアルも用意されるみたいだし、岩鬼のほうで教育していってくれよ」

「はあ……」

これまでずっと笑顔で話を聞いていた柿崎が立ち上がった。

「大丈夫です。岩鬼さん、一緒に頑張りましょう」

岩鬼は見えない圧力に押されたか、こわばった顔で一言、「はい」と答えた。

「柿崎さん、いつも、いいとこだけ持って行っちゃうんすよね」

塚本がそう小さくつぶやいた。

◆

二週間後、岡田たちの構築した審査場の新システムがカットオーバーした。

まだシステムが入ったばかりなので、生前記録が自動取得されていない部分を補助したり、ＡＩが判定した罪状は一度審査官たちで確認を行い、ＡＩへ正しい判定を学習させる必要があったりしたが、それでも審査業務の品質はある程度は上がってきているようで、罪の不服申し立て件数は少しずつ減ってきているとのことだった。

岡田たちの改革の合否判定については、最終投票まではまだ時間があったが、新システムの使い勝手を評価するために投票が開始されることになった。序盤に「いいね！」の数が多いことを確認して安心した岡田と塚本は、次第に審査場から足が遠のき、やがてめっきり現場に行かなくなった。

一方で、まさみと柿崎は時折審査場に足を運んでいた。

ある時、岡田と塚本がホワイトサンド名物の「ホワイトサンドイッチ」にかぶりついているところに、浮かない顔のまさみがやってきた。まさみによれば、「いいね！」の数が頭打ちになり、「だめだね！」の数が伸び始めてきているとのことだった。

最近は投票数のチェックすら怠っていた岡田があわててスマートフォンで確認すると、「だめだね！」が「いいね！」を上回りそうな勢いでぐんぐん伸びていた。

岡田は驚いて塚本に聞いた。

「どうしたんですかね。まだ審査官がシステムの操作に不慣れなだけでしょうか」

「そうっすね。かなり自動化されているから魂の数が多くても、あれだけの審査官がいれば一人あたりの対応量はそんなにないはずっす。ほっときゃまた『いいね！』も増えてくるんじゃないすか」

楽観的な塚本とは対照的に、岡田は言いようのない不安に襲われた。脳裏に「不合格」の三文字がちらつく。

「……とにかく、もう一度、審査場を見に行きましょう」

柿崎の姿は見えないので、三人で審査場を訪れることにした岡田だったが、現場の様子を見て愕然とした。

確かにペーパーレス化が進み、書類の山はかなり小さくなってきてはいたが、今もなお騒然としており、追い立てられるような忙しさは相変わらずだったからだ。よく見ると、操作マニュアルを片手に、まごつきながらあわてて対応している様子や、操作方法がわからないのか、しかめ面で画面をにらみつけている様子が見て取れる。

「どうしたんだろう。操作が難しいのかな」

「おかしいな……ちゃんと操作方法もレクチャーしてマニュアルも渡したんすけど」

顔を見合わせて困惑する岡田と塚本を、まさみが廊下に連れ出した。

「ねえ、二人とも、審査官が実際にシステム使ってるところ、ちゃんと見たことある？」

「いや、そんなのマニュアル見ればわかるんじゃ――」

塚本の言葉をさえぎり、まさみが続けた。

「それだけじゃないよ。あそこにいる鬼美さん、円形脱毛症に悩んでるって知ってる？」

「え⁉ いや……」

「じゃあ、鬼輔さんが最近、ご飯のおかわりがなくなってきてるってことは？ 仲良し三人組だった鬼子さん、鬼代さん、鬼恵さんたちの仲がギクシャクしてきてるってことは？」

まさみは黙りこくっている岡田の目をのぞき込んだ。

「もしかしたらさ、システムとか仕組みだけじゃなくって、審査官のみなさんの心情とか感情に焦点を当ててみたら、何か見えてきそうじゃない？」

「心情とか感情？ そんなのどうやって分析したら……」

「つべこべ言わない。戻って作戦会議！」

岡田と塚本は、まさみに腕をぐいとつかまれ、引きずり出されるようにして審査場をあとにした。ホワイトサンドの会議室で柿崎も合流し、岡田たちは審査場に残る課題についてブレインストーミングを行った。その中で、まさみと柿崎はフラフラしているように見えて、実は現場の審査官たちとの雑談を通じて人間関係ならぬ鬼同士の関係の情報収集を行っていたことを岡田は知った。

まさみと柿崎が審査官たちと話してわかった問題点は、大きく二つだった。

まず、システムの画面デザインが端的に「使いにくい」ということだった。まさみがシステムを操作する審査官を後ろから観察したところ、よく使う機能とそうでない機能に差があり、よく使うのにボタンがわかりにくい位置にあるなど、やりたい作業にたどりつくまでに手間がかかる作りになっていることがわかった。

よかれと思って必要な機能をすべて盛り込んだ結果、使い勝手が犠牲にされていた。そのことに気づいた岡田は、画面設計を一から見直すことにした。実際に岡田も審査官のシステム操作に立ち合い、操作につまずく箇所をピックアップして、入力フォームやリンク、ボタンの配置や色、形をすべて見直した。機能にも優先度をつけ、ほぼ使われていない機能は思いきってメイン画面から削除し、わかりやすさを重視することにした。

もう一つの問題点はより根本的で、審査場の職場自体の雰囲気や審査官同士の関係に問題があるという点だった。個別のヒアリングではそれぞれに想いや不満があるようだが、まずは起きている問題を可視化できないか、との問題提起があった。岡田はうなった。

「審査官同士の関係の可視化ですか。まさみさんたちがヒアリングした内容を図示でもしてみます？」

「いやー、それって何かいろいろ主観とか入っちゃいません？　もっとこう、信頼度の高いデータが必要な気がするっす」

塚本の言葉に、岡田が考えを巡らせながら言った。

「アンケートを取るってのも、なんかちょっと恣意的ですよね。もっとこう、無意識に近い行動をトレースするとか……」

まさみが何かを思いつき、目を輝かせて岡田の腕を揺さぶった。

「ねえ、審査官の行動が見えるようにできない？　なんかチップとかつけてさ」

「チップ……って、スマートICタグですかね。そう言えばどこか別チームでIoTプロジェクトをやってたはずなので、青蓮院さん経由で頼めば貸してくれそうな気もしますが」

岡田の言葉に塚本が続けた。

「んじゃ、タグで審査官の動線をトレースしてみます？　どっかに付けてもらって。例えば、そう……職員カードとか」

こうして、岡田と塚本は審査官たちが首から下げている職員カードにタグを取り付け、動線データを集めて分析してみる方向で調整することにした。

案をまとめ鬼嶋に提示したところ、二つ返事でOKをもらえたまでは良かったが、案の定、行動記録がとられることに抵抗を示す審査官もいて、特に女性派閥からの反発が強かった。

「お手洗いに行っているデリケートな時間も記録されるのが嫌だ」

誰もが口をそろえてそう言うのだが、岡田たちは何となく本音が聞き出せていない感じが否めなかった。

そこで柿崎が一計を案じた。派閥の一員である受付の桜鬼とは、柿崎がホスト時代の話術で巧みに関係を構築していろいろと噂話の類を聞き出せる仲になっていて、「桜鬼ルートで情報が取れるかも」とのことだった。

数日後、柿崎は女性派閥の審査官たちが抵抗感を示す理由として、「化粧室でほかの職員の悪口を言っているところを記録されるのが嫌だ」という意見が多い、という情報を桜鬼から聞き出してきた。

どうやって聞き出したのかと岡田が聞くと、柿崎は「企業秘密です」と言って笑うばかりだったが、審査場で桜鬼の机の上に立派な花束が飾られているのを見て合点がいった。

岡田たちは対策を講じ、データに「匿名化」を施すことにした。これは、データの一部をシステム上で書き換えたりマスキングしたりすることで個人を特定できないようにする技術で、個人のプライバシーと統計的解析を両立させることができる。岡田が生前、とある案件で専門の技術者と仕事をして得た知見だった。

岩鬼も行動記録の取得に抵抗感を示していたが、塚本が鬼嶋の了解を得ていると言って問答無用で説き伏せた。ネチネチと岩鬼の愚痴を聞かされる貧乏くじを引かされたのは岡田で、その日はホワイトサンドに戻ってベッドに寝転ぶと、次の日の朝まで起き上がることができなかった。

こうして審査官につけられたタグを通じて、動線だけでなく、労働時間、会議にかかる時間、コミュニケーション相手の人数や時間、他部署との協力比率、上司と部下の対話時間などのデータ取得に成功し、審査官たちの関係が可視化された。

その後の分析の結果、審査官同士のコミュニケーションが不足しており、ストレスのはけ口がなく、不満や課題が出しにくい状況が見えてきた。各自が困ったことや不満があっても相談できず、雑談による息抜きのコミュニケーションもない。上司は部下の仕事ぶりをシステム上の審査件数だけで評価していて、ほめたり相談に乗ったりすることはなさそうだった。分析結果を見て、岡田は反省しきりだった。

「操作に慣れていないだけじゃなかった。ミスをしても言い出せないから自分だけで解決しようとしたり、課題があっても上にあげないからいつまでも改善されなかったり、という状況を解決しなければならなかったんだ」

「岡田くん、いいことに気づいたね。私のおかげだね。この『まさみさま』のね」

まさみがにやにやしながら見つめてきたので、岡田はあえて無視した。

「ちなみに、入手した噂話を一つ」

柿崎がリンゴをかじりながら唐突に切り出した。

「えっ、なになに。聞かせてよ」

ゴシップ大好物のまさみが真っ先に飛びつく。岡田と塚本も興味をひかれ、柿崎のほうを見やった。

「いつも不服申し立ての書類を持って来ていた、鬼久保さんっているじゃないですか」

「ああ、あのよく縞シャツ着てるムキムキの鬼ね。それがどうかした？」

「受付の桜鬼さんと付き合い始めたらしいですよ」

三人が「えええー」と言ってのけぞった。柿崎は満足げにうなずく。

「どうやら、不服申し立ての書類を頻繁に持って来てたのは桜鬼さんに会う口実だったみたいなんですよね。これが、ペーパーレス化が進んで鬼久保さんが来る回数が激減しちゃって。で、逆に桜鬼さんのほうが、あれ、最近縞シャツさん見ないな、って気になっちゃったんですって」

岡田と塚本が感嘆のため息を漏らす横で、まさみが目を閉じて、うんうんと腕組みをしてうなずいている。

「私たちが鬼のカップルのキューピッドになるなんて、改革の確かな一歩ねえ」

まさみの言葉に、岡田が顔を輝かせた。

「まさみさん、いいこと言いますね。この調子で審査場、良くしていきましょう！」

四人は顔を見合わせ、うなずき合った。

◆

それから数週間、岡田たち四人は審査官側のアドバイザーとして桜鬼をサブメンバーに加え、審査官同士のコミュニケーション改善に着目し、改革案の検討と実行のサイクルを回した。実行にあたっては鬼嶋に都度、期待効果を共有し、結果はすぐに報告して次の検討の参考にするようにした。試行錯誤の結果、中庭の休憩場に動線を引っ張ってくる案が本格採用された。

半ば朽ちていたベンチは一回り大きな座り心地のよいものに置き換えられ、軽食や飲み物がとれるように、近くにパラソル付きのテーブルも設置された。

手入れが行き届かず、荒れた雰囲気の原因の一つとなっていた芝は刈られ、所々に目を楽しませる花が植えられた。

意外なことに最も効果が大きかったのが「一斉休憩」だった。それまで審査官たちは思い思いの時間に休憩を取ることになっていたのだが、「サボっている」と見なされるのを恐れて、あまり休憩が取れていない実態が動線調査で明らかになったのだった。岡田たちは鬼嶋と岩鬼を説得し、午後一斉に十五分のブレイクタイムを取り、休憩場にホワイトサンドイッチとコーヒー、紅茶の売店を出した。

これが当たった。周囲に気兼ねすることなく休憩を取れるようになり、中庭に足を運び、仕事仲間と他愛もない会話を交わしたり、気分転換に散歩したりする鬼が次第に増えていった。サンドイッチの売上も増え、ホワイトサンドのママも上機嫌だった。

岡田たちが審査場改革の手ごたえを感じ始めていたある日、鬼嶋が四人を呼び出した。

オフィスは相変わらず忙しそうだったが、以前のような殺気立った様子はなく、にぎやかな市場のような活気を感じさせる雰囲気に変わりつつあるようだった。

ちょうど休憩時間だったこともあり、鬼嶋は四人を中庭に誘った。

「すみません、さっきワークフローの処理を間違えちゃって」

「ああ、あそこの操作、ちょっとトリッキーだよね。マニュアル直しておこうか」

「先輩、来週お休みいただきます。ライブに行くんです」

「いいよー。またあの激しいやつ？」

「デスメタルってジャンル名がありますから」

聞こえてくる審査官たちの会話を耳にして、まさみは「みんな生き生きしてるね！」とうれしそうだ。鬼嶋もまぶしそうな目つきで中庭を見渡している。

「最初『一斉休憩』が改革案と聞いて、耳を疑ったのですがね。なんで仕事と関係ないところに手を入れるんだ、と。でも、どうもこの時間がスパイスになって、仕事そのものの業務効率や連携にいい影響が出ているらしい。これは誰のアイデアですか？」

岡田が「はい」と笑顔で鬼嶋に答えた。

「実は鬼久保さんなんです。ちょうど鬼久保さんが担当した人間が、現世で同じような課題を一斉休憩の導入で解決したってことを思い出したらしくて。桜鬼さん経由でアイデアをいただきました」

鬼嶋が怪訝そうな顔をした。

「鬼久保のアイデアを、桜鬼経由で？　なんでそんなまどろっこしいことを」

まさみがにっこり笑って、休憩場の隅を指さした。

そこには、ベンチに仲良く並び、岩のような鬼久保の身体に頭を持たせかけている桜鬼の姿があった。

「あ……なるほど。そういうことか」

鬼嶋と四人は仲睦まじい二人の様子をしばし温かく見守った。そして、鬼嶋が岡田たちのほうに向き直った。

「君たちには大変感謝しています。審査場を良くするアイデアを出してくれた審査官に、ランチのポイントを付与する施策、あれも反応が良くてね。現場からの改善案が増えてきている。あとは我々でやっていけそうだから、君たちはプロジェクトを終了してください。青蓮院様にはよく言っておきますから」

岡田たちは恐縮しながらも鬼嶋に礼を言って頭を下げた。岡田が「そう言えば」と言って辺りを見回した。

「岩鬼さんはどちらですかね。いろいろと愚痴は言われたのですが、お世話になったお礼を言っておこうと思いまして」

鬼嶋は岩鬼の名前に顔を曇らせた。

「ああ、あいつはちょっとその……問題があって配置換えしてもらいました」

岡田は「えっ」と小さく叫んで目を丸くした。鬼嶋が浮かない顔で続けた。

「知っての通り、あいつは少し頭が固いところがあってね。あいつをここの現場責任者に引き上げたのは閻魔大王様なのですが、改革は大王様のお考えに背く行為との考えが捨てきれなかったらしい。施策を白紙に戻そうとしていたので、やむなく閻魔姫様に相談して、ほかの職場に移してもらったんです」

「そう……ですか。それは残念です」

鬼嶋はため息をついた。

「あいつは少しプライドが高いところもあったからな。君たちを逆恨みしていたりすることはないとは思うのですが……」

休憩時間が終了し、審査官たちがぞろぞろとオフィスに引き上げるのに合わせ、岡田たちも審査場をあとにすることにした。

ファイアーカートに揺られながら、まさみ、塚本、柿崎は改革の成果について和気あいあいと談笑していた。

「これで『いいね！』が増えるのは間違いなさそうだね」

「だといいんですが……」

岡田は岩鬼の一件が引っかかり、ほろ苦い気分で窓の外を流れる景色を見つめていた。

◆

「はーい。お待たせ」

ホワイトサンドのママが銀のアルミ皿にのったガーリックハンバーグピザを運んできた。

初プロジェクトが完了したこともあり、四人は打ち上げをすることにしたのだった。

審査場のサンドイッチが好評なうえ、このところ店の客が増えたこともあって、今日は上機嫌なママの計らいで店は貸し切りだった。だが、四人の表情は冴えなかった。

プロジェクト完了後のポイント集計結果が思った以上に芳しくなかったのだ。

四人の様子を見たママが口を開いた。

「あんたたち、初プロジェクト成功して良かったじゃない。最初でつまずいて消されちゃう人間たち、多いんだけどね」

ママの言葉に、岡田がうなだれた。

「それが、成功とはほど遠い結果で……。最後の改善で『いいね！』の票がかなり入ったんですが、最初に入った『だめだね！』の票がけっこう多くて。最終結果がほぼ同数で、首の皮一枚でつながったんです」

まさみが、ちっと舌打ちした。

「噂では、岩鬼が周りを巻き込んで『だめだね！』票を集めてたらしいよ。嫌がらせだよね」

塚本が続けた。

「完了も予定より大幅に遅れたし、このペースだと地獄神総会までに基準ポイントを稼げないかもしれないっすね」

「そうなると……僕たち、消滅しちゃいますね」

岡田の発した「消滅」という言葉の重みに、四人はしばし黙りこくった。

沈黙を破ったのは塚本だった。

「でも、俺たちの施策で審査場、改善しましたよね。そんなに悲観的になること、ないんじゃないっすか」

柿崎が塚本の言葉に強くうなずいた。

「そうですよ。過ぎたことを悔やんでも仕方がない。この経験から学びを得て、次はもっと高得点を狙えるプロジェクトを成功させましょう」

塚本と柿崎の顔を交互に見比べながら、岡田がつぶやいた。

「学び、ですか……」

そんな様子の岡田を見て、まさみがピザに激辛の「ＤＥＡＴＨソース」をこれでもかというくらい振りかけながら言った。

「問題。あなたは工具屋さんの店員です。そこにドリルを探しにお客様が来ました。さてあなたはまずお客様に何を尋ねますか」

岡田はしばらく考えて、「どんな大きさのドリルを探しているのか」と言った。次にまさみが同じ質問を柿崎にすると、「まず客がなぜドリルが欲しいのかを聞きますね」と答えた。まさみが深くうなずく。

「ここがミソだったと思うのよね。ドリルを探しに来た客が本当に欲しいのは、『ドリル』ではなく『穴』。審査場の課題を聞いて、いきなり岡田くんと塚本さんが何を提供するかを考え始めた時に、ちょっと違和感があったのよ。だから柿崎さんに相談して、私たちは審査場が本当に必要としているものは何なのか、審査場のみなさんにとって何が『穴』なのかを見極めようとしていたの」

柿崎がワイン片手に付け足した。

「ホストクラブにお酒を飲みに来る方々は、誰かとお酒が飲みたいのではなく、大切に扱われたい、自らが主役になりたい、と思っているんですよね。そこを正確に見極めて、適切に相手が望んでいるものを提供できるかどうかが、自分のファンを作れるかどうかのカギなんです」

塚本が、「ハッ」とせせら笑った。

「その客絡みで刺されて地獄に堕ちてきたのはどこの誰なのかね」

「いやー、それを言われちゃうと弱いなあ。ちょっと的外しちゃいましたかねえ」

柿崎の言葉に、四人は漠然とした不安を払いのけるように笑い声をあげた。その後はアルコールの手伝いもあって話が弾み、気づけば夜も更けていた。酔いつぶれて床に転がった塚本の隣で、まさみがスマートフォンで調べものをしていた。柿崎が手回し式ミルで挽いたコーヒーを淹れてくれたので、岡田は外のテラスに出て酔いを覚ますことにした。

デッキのへりに腰かけ深く息を吐き、コーヒーを一口含む。芳醇な香りが鼻の奥に広がった。

気づくと、隣にまさみが座っていた。

「次のプロジェクト、どうする？」

「短期間で高得点を狙えるようなものを探そうと思います。地獄神総会まで三カ月切ってるので、少なくとも次で基準点まで取らないと」

「それって、プロジェクトの難易度も高いよね」

「……リスクは覚悟のうえです」

ため息をつく岡田に、まさみが咳払いした。

「じゃあ、私も同じのに参加しようかな」

岡田が、えっと聞き直すと、まさみは笑って続けた。

「だってさ、毎回新しい人と組むのって非効率じゃない。一から関係も作り直さなきゃいけないし。一緒にやった仲間ならやりやすいでしょ。あ、塚本さんと柿崎さんにも声かけるよ、もちろん」

岡田はまさみにうなずいた。

「確かに、関係ができたメンバーのほうが成功確率はぐんと上がりますね。しかし、今回はまさみさんたちに助けられました。まだまだ未熟者ですね、僕は」

まさみがポン、と岡田の肩を叩いた。

「君のいいところは、素直に自分の課題を受け入れられるところ。きっとそういう人ってどんどん成長していけると思うよ」

岡田は久しぶりに心の中の何かがほどけていく感触を味わっていた。記憶の奥から現世に残してきた人たちへの思いがふいに押し寄せてきた。両親は元気だろうか。美優はどうしているだろうか。ケースから出して胸ポケットに大切にしまっていた指輪をなぞり、その感触を確かめた。

思いは一筋の涙になってこぼれ落ちてきた。岡田は上を向いてすっとそれをぬぐったが、まさみは目の端でその様子をとらえていた。

宝石を散りばめたような地獄の星空は、現世のそれより何倍も美しかった。二人はしばらく言葉を交わすこともなく星を見上げていた。

しばらくして、まさみがぽつりとつぶやいた。

「地獄にも、星ってあるんだね」

瞬く星々の間を、流れ星が一筋、横切った。

「なんか不思議じゃない？　なんで地獄に星が必要なんだろ」

「もう何が起きても驚かないですね。そもそも地獄が本当にあった時点で驚きです」

まさみが夜空を指さした。

「あそこらへん、星が集まってるよね。天の川じゃない？」

「銀河系を横から見るから、川みたいに見えるんですよ」

「もう、ロマンがないなあ」

「すみません」

近くの川のせせらぎと虫の声が二人を包んでいた。

まさみが岡田のほうを向いた。

「ねえ、地獄に来る時、岡田くん彼女を捜してたよね」

「ん? ああ、そうですね」

「まだ、彼女のこと想ってるの?」

「え?」

岡田はまさみのほうに顔を向けた。目が合う。光が反射して、まるで瞳の中に星が宿っているように見えた。岡田の胸が高鳴った。

「それは、その……」

「いやー、よく寝た。あれ、二人とも何してんすか、そんな所で」

背後から塚本の声がしたので、あわてて岡田は立ち上がった。まさみもゆっくり立ち上がり、デニムについた砂を払った。先ほどのまさみの表情……岡田の鼓動は速いままだ。なぜまさみの問いに即答できなかったのか、自分でもわからなかった。

「さ、もう冷えてきたし部屋に戻ろ」

まさみの様子がいつもと変わらなかったので、岡田は気のせいか、と思い直し、自分も部屋に戻った。

◆

閻魔姫の居室には華美な装飾品は一切ない。中央に置かれたローテーブルに季節の花が飾られているくらいだ。季節の花といってもこの世界に四季はない。年中、さまざまな種類の花が観賞用として温室でハウス栽培され、市場に出される。

いま居室を彩っているのは閻魔姫の大好きなラナンキュラスだ。濃いブルーのポット型の陶器に、鮮やかな黄色やオレンジの大きな花が映える。一日の執務を終え、ぎゅっと幾重にも詰まった花びらを眺めていると、閻魔姫の気持ちは安らいでいくのだった。

ノックの音がした。

「青蓮院でございます。お茶が入りました。中にお持ちしてよろしいでしょうか」

「かまわぬ」

青蓮院はするりと居室に入り、ローテーブルに白いカップとソーサーを置いた。

「天麻茶でございます」

閻魔姫は、金縁の滑らかな取っ手に指をかけ、そっとカップに口をつけた。ほんのり甘くとろみのある液体がゆったりと口に広がった。

そこへ、居室奥の壁に据え付けられた通話機が音をたてた。閻魔姫は立ち上がり、通話ボタンを押した。

『姫様、お久しゅうございます』

声の主は、丁寧な様子で姫に挨拶した。

「祁答院《けどういん》か。用件は」

『おやおや、なんと単刀直入な。相変わらず合理的でいらっしゃる』

祁答院は閻魔大王の側近で官房長官を務めており、十数人の神々の中でも筆頭格だった。閻魔姫が物心ついた頃にはすでに閻魔一家の屋敷に出入りしていて、閻魔姫が幼い頃はよく相手をしてくれていたが、閻魔庁の仕事をするようなってからは青蓮院が閻魔姫の側近となったため、疎遠となっていた。

『審査場改革のプロジェクトの件、お聞きしましたよ。なんでも、審査場にこれまで多大なる貢献をしてきた者をクビにしたそうではないですか。いくらなんでもいかがなものかと』

「わらわはただ、やるべきことをやったまでだ」

『すべての民の幸せを実現するのが閻魔一族の使命ではありませんかな』

「それは……」

祁答院の言葉に、閻魔姫の胸がチクリと痛んだ。

『効率重視もよいですが、あまりにお粗末なやり方だとお父様も悲しまれますよ』

返答できず唇を噛む閻魔姫に『では、ごきげんよう』と言って祁答院は通話を切った。

閻魔姫は布張りのソファに戻り、腰を下ろした。鬼嶋からの相談を受けて、慎重に考えたうえで決断したとはいえ、改革についていけない者を切り捨てたことに、閻魔姫も胸を痛めていないわけではなかった。

青蓮院は閻魔姫の隣にそっとひざまずいた。

「姫様、改革は成功しているんです。自信をお持ちください」

「だが……」

「岩鬼の一件は不可抗力でございます。皆が皆、変化を受け入れられるわけではございません。それに、クビではなく配置転換です。適材適所の人事配置も上に立つ者の役目ですから。祁答院殿の考えこそが古いのです」

「そうであろうか」

「はい、まだまだ地獄にはたくさんの問題があります。志のある者を統率し、さらに地獄を良くしていくのが姫様のお役目です」

閻魔姫の表情が和らいだのを見て、青蓮院は笑みを浮かべた。

「では、お邪魔いたしました。おやすみなさいませ」

青蓮院は立ち上がり、扉の前で一礼した後、退室した。

閻魔姫は温かいカップを両手で包みながら、目の前のラナンキュラスを見つめた。

◆

「いらっしゃ……あーら、お二人さん」

ママが落ち着きのあるハスキーボイスを、カウンターから岡田とまさみに投げかけた。店内にはほかの客の姿がなかったので、岡田はママの目の前に座った。

「こんばんは、ママ。腹が減って死にそうです」

「いや、もう死んでるから」

お決まりの突っ込みを入れながら、まさみが岡田の隣に腰を下ろした。岡田は「まあそうですけどね」といつもの返しをして頭をかいた。

席に着くと、まさみはすかさず悶絶級の辛さの真紅ナポリタンを注文した。辛いものが苦手な岡田は釜揚げうどんを頼む。

「それで、いいネタは仕込めたのかい?」

ママが手際よく料理の支度をしながら尋ねた。

「まあまあですかね」

「バッチリでーす」

岡田とまさみは、ほぼ同時に答えた。まさみが岡田をひじでつつく。

「ちょっと。まあまあってどういうこと? バッチリいい動画が撮れたじゃない」

岡田は「あ、そうだったかなー」とごまかして、水を飲み込んだ。

岡田、まさみ、塚本、柿崎の四人は審査場のプロジェクトが一段落した後、いくつかのプロジェクトに応募した。四人の意見は一致していた。残された期間を考えると、難易度には目をつぶり、「いいね！」の最大獲得数が多い、一発逆転のプロジェクトに賭ける以外に道はなかった。

しかし、地獄神総会の期限が迫る中で各プロジェクトに応募者が殺到しているらしく、なかなか確定の連絡がこなかった。貴重な一日一日が無駄に過ぎていき、岡田は内心、気が気でなかった。だが、「休息も仕事のうち」というほかの三人の言葉もあり、プロジェクト確定までの間、その不安をかき消すようにまさみの手伝いをして過ごすことにした。

まさみは、地獄の動画共有サイト「ＨｅｌｌＴｕｂｅ」にアップするための動画撮影に取り組んでいた。柿崎はホストクラブでＳＮＳ投稿を担当していたとのことで、まさみたちの動画作成を手伝ってくれ、その動画編集の腕はなかなかのものだった。柿崎のパソコンにも高性能の動画編集アプリが入っていて、大いにまさみたちの助けになった。

「しかし、まさみさん、ほんと、人使い荒いんだから。この前なんか思いつきで空撮にハマって、あちこちにドローン飛ばせってなって。基地局未整備な土地が多いから、自動操縦のプログラム組むの大変でしたよ……」

「でも、いろんな場所で面白い映像が撮れたでしょ？　地獄の夜景を空から撮るなんて誰もやってなかったから、けっこう再生回数伸びるんじゃないかな。あと、閻魔庁からも地獄の地図情報として使いたいから動画データ全部くれって言われたじゃん。地獄の改革にも役立ってるよ」

「それはまあ、そうですけど……」

「ういっす」

料理を待つ岡田とまさみの背後から、塚本の声がした。

「どうすか、まさみさん、コンテンツ作成は順調すか」

塚本はまさみの隣の席に腰を下ろした。まさみは笑顔で胸を張った。

「もちろん。塚本さんは何してたの？」

「実は、なんか面白くなっちゃって別プロジェクトの手伝いしてまして。ほら、審査場の職員カードにタグ付けたでしょ？　審査場プロジェクトの評判が広まって、閻魔庁内にも導入しようって話になったんすよ」

「でも、ボランティアだと獲得ポイントはゼロでしょ？」

まさみが笑った。

「まあ、半分趣味みたいなもんっすから。あと、実はここだけの話……」

そう言うと、塚本は岡田とまさみのほうに身を寄せ小声でささやいた。

「手伝いついでにこっそりバックドア仕掛けたんで、庁内の人の位置情報、俺のパソコンから丸見えだったりするんすけどね、いや、これがまた面白くて」

「てかそれ、青蓮院さんには黙っておいたほうがよさそうだね……そう言えば、今日柿崎さんは？」

「さあ……例によって消息不明っすね。おおかたナンパでもしてんじゃないすか。あ、ママ、真紅ナポリタン一つ」

その時、テーブルの上に置いたまさみのスマートフォンが振動した。

「やった！　次のプロジェクト、決まったって！」

まさみの言葉に、岡田と塚本もあわててそれぞれのスマートフォンを取り出して画面をのぞき込む。岡田が画面をスクロールさせつつ言った。

「『焦熱地獄障害対策プロジェクト』……難易度Aですか。審査場がCだったから、けっこう手ごわそうですね」

ママが運んできた真紅ナポリタンの刺激臭で、鼻の頭に汗が染みだしてきた岡田が、顔をしかめながら尋ねる。

「ママ、焦熱地獄ってどんなところですか」

「あら。次のプロジェクトはそこなのかい。それまた難儀な現場だね」

「……どういうことですか？」

「まずは腹ごしらえしてからだね。話を聞いたら食欲なくすかもしれないし」

ママは思わせぶりに高笑いして奥に引っ込んでいった。

三人は困惑した顔を見合わせたが、とりあえず目の前のものを胃袋に収めることにした。

◆

焦熱地獄に向かうファイアーカートの中で、岡田たち四人は無言だった。バスにはほかにも数人、関連するプロジェクトに携わっていると思しき者が、それぞれかなり間隔を空けて座っていた。皆一様に疲れた表情で押し黙って、バス全体に重苦しい空気が立ち込めていた。

岡田は少しでも気晴らしになるかと窓から外の景色に目をやっていたが、郊外の焦熱地獄に向かうにつれてにぎやかな雰囲気は一変、時折野良犬がうろつく、陰鬱さを感じさせるスラムの様相を呈していた。

「治安、悪そうだね」

同じく外の様子を見ていたまさみがつぶやいた。柿崎がうなずく。

「向かってる場所が場所だから」

ママの話では、焦熱地獄は現世で特に重い罪、殺人や放火などを犯した人間が罰せられる場所だとのことだった。岡田も重い口を開く。

「人間に罰を与える場所、か……どんな罰なんですかね」

塚本が咳払いをして答えた。

「Ｈｅｌｌｐｅｄｉａによれば、火炙りの刑らしいっす。焦熱地獄って名前っすからね」

柿崎が顔をしかめた。

「火炙りか……魂をバーベキューにしたら焼け焦げちゃうよね」

「なんでも、火傷に特化した救護室があって、しばらく魂を炙ったら回復させて、治ったらまた炙るみたいっすよ」

「そりゃまたご丁寧なことで……バーベキューというより刀鍛冶だね」

柿崎は自分のジョークに「ハハ」と乾いた笑い声をあげたが、岡田はとても笑顔を作る気にはなれなかった。

「僕たち、人間を痛めつける仕事の手伝いをしなきゃならないんですよね」

暗い表情の岡田に、まさみが顔をしかめた。

「ちょっと、今さら弱気にならないでよ。焦熱地獄って、働いてる鬼の数が地獄でもトップレベルだから、改革がうまくいけば、かなり『いいね！』が稼げるじゃない」

「わかってますよ……」

その言葉を最後に、四人の会話は途絶えた。重苦しい雰囲気に包まれたまま、バスは目的地である焦熱地獄に到着した。

それは、まるで天空を支える柱だった。

岡田たちの目にまず飛び込んできたのは、天高く伸びる巨大な塔だった。目の前には背の高い石壁が行く手を阻むようにそびえ立ち、見るからに重そうな観音開きの扉がこちらに向かって開け広げられている。

「見てよ、あれ」

まさみが、石壁が伸びる方角を指さした。

「すごい。壁の終わりが見えない。この施設、途方もない大きさですね」

岡田は目を見張って、そう言った。

門の向こう側には工場を思わせる建屋がいくつも並んでいて、巨大な塔はどうやら施設のどこかから空に向かって伸びているようだった。

門からさらに十分弱走り、工場を思わせる平たく大きな建物の前でバスが止まった。ほかの人間たちはそのままバスに乗り走り去って行った。施設内の別の場所に向かうようだった。

建物の入口には小柄な老人が立っていて、猿を思わせる顔をしわくちゃにして岡田たちに笑いかけた。

「ようこそ、お主たちが新入りじゃな。さあさ、こちらへ」

手招きする老人に従い、四人は建物の中に入った。

「ワシはここの責任者の木下じゃ。では、案内しよう。百聞は一見に如かず。自分の目でしっかり見つつ、話を聞くほうが腹落ちするじゃろ」

言うなり木下は奥へと続く廊下を歩き始めた。コンクリートの床がはるか彼方まで続いていて、ひび割れと沈着したシミが建物の年季を感じさせた。

窓のない薄暗い通路は無機質な蛍光灯で照らし出され、廊下の少し向こうから先には壁の両側に無数のドアが並んでいるのが見えた。

まさみが小走りで木下の横に並び、顔をのぞき込んだ。

「ねえ、木下さん。ちょっと質問いいかしら」

「なんでもお聞きなされよ、お嬢さん」

「ではお言葉に甘えて。見たところ、角も牙も見当たらないですけど、ひょっとして……」

木下は歩きながらニッとまさみに笑いかけた。

「鋭いのう、お嬢さん。そう、ワシはれっきとした人間じゃよ」

「やっぱり。でも、なぜ人間のあなたがここの責任者をやってるんですか?」

木下は「ほっ、ほっ」と愉快そうに笑うと、何かを思い出そうとしているかのように天井を仰いだ。

「それには紆余曲折あってのう。ワシも現世では散々人様に迷惑をかけて……それで、あ、着いてもうた。ここじゃ、ここ」

木下は立ち止まり、回れ右してドアを指さした。鈍色に光る金属製のドアの表面には「1598」と数字が彫られている。木下がドアを開けて中に入ったので、岡田たちも続いた。

「うわ、あっつい」

「あちーっす」

部屋に入るなり、まさみと塚本が思わず声をあげた。体中にへばりつくような熱気がまず襲い、続けて胸がむかつく臭いがすぐにやってきた。岡田は思わず口を覆った。それでも一歩踏み出し室内へ進むが、呼吸をすると肺が焼けつきそうだった。

石造りの室内は全体的にススやコゲで黒く汚れていて、あちこちに手形のような跡があった。部屋の奥の壁には、重々しく巨大な鉄の扉が鎮座していた。高熱で赤黒く変色しており、隙間から煙が立ち上っていた。

「これが……焦熱地獄」

岡田のつぶやきに、これまで笑顔を絶やさなかった木下が真顔に戻った。

突然、鉄の扉の向こう側から何かが激しく叩きつけられ、扉が何度も揺れた。続いて、ぐぐもった動物じみた声が中から漏れてきた。岡田たちは皆、気圧された様子で、まさみは耳をふさいでいた。岡田の隣で、塚本がゴクリと唾をのみ込む音が聞こえた。

「扉の向こう側にいるのは現世で重い罪を犯した罪人。この独居室に閉じ込められ、その罪の重さに応じ熱した炭によって足元の金網越しに炙られるのじゃ」

まさみがかすれた声で尋ねた。

「私たちは、何をすれば……」

「うむ。それがな。ここ最近、時折事故が起きるようになってな。原因がよくわから……」

木下が言い終わらないうちにけたたましいアラーム音が鳴り響き、赤いランプが点滅し始めた。

「よりによってこんな時に」

木下はあわてふためく岡田たちを尻目に、それまでのゆっくりとした動作とは打って変わって、驚くほど機敏な動きで部屋の隅に置いてあった通話機に飛びついた。

「部屋番号１５９８。温度上昇、救出要請！」

鉄の扉の隙間から勢いよく炎が漏れ出てきた。黒い煙が室内に立ち込める。鉄の扉は熱くなり過ぎたせいか、意思を持ったようにがたがたと揺れていた。岡田たちは炎にのまれないよう、あわてて室内から逃げ出した。

「おい、じいさん、何とかしろよ！」

焦った様子で叫んだ柿崎を、木下はじろりとにらみつけ、うなるような低い声で言った。

「ここからでは何もできん。今、保全担当が駆けつけておる」

ようやく保全担当と思われる職員が到着して、果敢にも炎の中に飛び込み鉄の扉を開く。部屋のドアの隙間から、燃え盛る炎の向こうで、人の形をした黒い塊がうごめいているのがかすかに見えた。

岡田は気を失ってその場に崩れ落ちた。

◆

目を覚ますと、そこは医務室のようだった。

「よかった。いきなり気絶しちゃうんだもん」

まさみが岡田の横たわっているベッドの脇に腰かけ、ほっとした表情を浮かべている。

「すみません。血生臭いことが苦手で……」

「私は仕事柄、グロい動画とか目にする機会があって、多少は耐性あるからね。でも結局あの燃えかかっていた人、助かったんだよ。保全担当の職員が炎の中に飛び込んでいって。職員のほうも相当な火傷を負ったみたいだけど」

「まさみさんはタフですね。僕はちょっとこの仕事をやりきる自信ないです。どうしても人を焼いて苦しめるなんてことに加担できない」

医務室の入口から、あの特徴的な笑い声が聞こえた。

「岡田くんとやら、どうやら気を取り戻したようじゃな。ご友人たちの案内は秘書に任せたぞ」

「ああ、木下さん。ご心配かけてすみません。僕、こんな感じなんでお力になれるかどうか……」

木下はベッドの脇に歩み寄ってきた。

「本来であれば、徐々にここの仕事について理解してもらいたかったところじゃが、運悪く目の前でいきなり厳しい場面を目撃してしまったからの。君にはご友人とは別の案内コースが必要じゃな。そちらの彼女もご一緒に」

「いや、別に私は彼女なんかじゃ……」

まさみの言葉は、木下の高笑いでかき消された。

「ほーっ、ほっほ。ほらほら、時は金なり。さっさと行くぞ」

岡田とまさみは気まずい空気を振り払うようにして、そそくさと木下を追った。

連れられて来たのは、建物の中庭だった。と言っても、野球場ほどの広さがあるので開放感は抜群だった。

「ほれ、あれが見えるじゃろ」

木下が指さす先には、例の巨大な塔がそびえ立っている。

「あれはな、現世で生み出された人間の負の感情、恨み、つらみ、怒り、悲しみを地獄に集めてきとるんじゃ」

「それらを集めて、どうするんです？」

木下は岡田の疑問にうなずいた。

「先ほど見てもらった独居室じゃがな。床に金網が敷いてあって、その下で石炭状にした怒りの感情を燃やしておる。怒りの感情はよく燃えての。よく言うじゃろ、『怒りの炎』と」

「なるほど。怒り以外の負の感情はどうなるんですか」

「ここの施設は負の感情の分類及び配送も行っておる。罪人はその罪状によってさまざまな刑に服すことになるが、それに応じた負の感情が使われるという仕組みじゃ」

まさみが腕組みをして言った。

「じゃあもしかして、ここで火炙りになっている人は、自分に対する現世の人々の負の感情で焼かれているってこと？」

「お嬢さん、冴えておるな。罪人は現世の人々の怒りや苦しみが収まるまで、ここで自分の罪を償うのじゃ」

　岡田は首を横に振った。

「罪を償う方法はほかにもあるんじゃないですか。火で焼くなんて……」

　木下は岡田の様子を見て、仕方がないというようにふっとため息をついた。

「なんとも心優しい若者じゃ。だが、現世の人々の気持ちを考えたことはあるかね」

「現世の……人々？」

「ここに堕ちてきた罪人は、現世で重罪を犯しておる。現世では、今でも罪人に、それこそ身を焼かれるような怒りを持つ者もおろう。だが、怒りの対象はすでに生きてはおらん。やり場のない怒りを抱え、苦しみ続ける現世の人々のために、誰かが何かをすべきとは思わんかね」

「この場所は、現世の人々の復讐のためにあると？」

　岡田の言葉に、木下は静かに首を振った。

「そう単純ではない。ただ、現世だけでは罪と罰が釣り合わないことがあるのじゃ」

「でも、ここで焼かれた人はどうなるんでしょうか。罪を償うために焼かれた、その先に救いはあるんでしょうか」

「救いは……ある。お主の目の前にその証拠がある」

　まさみが目を見開いた。

「目の前に証拠って……まさか、おじいちゃん、前に焼かれてたの？」

木下は小さくうなずいて微笑むと、岡田とまさみを近くのベンチに誘った。三人並んで腰を下ろすと、木下はおもむろに口を開いた。

「ワシの名前はな、『藤吉郎』じゃ」

「藤吉郎……木下藤吉郎って、えっ、まさか！」

怪訝そうなまさみをよそに、岡田の脳裏にひらめくものがあった。

「あなたは、豊臣秀吉?」

まさみが「はあ?」ととぼけた声をあげた。

「さっき名前は木下藤吉郎って言ってたじゃん。なんでいきなり豊臣秀吉が出てくんのよ」

「木下藤吉郎は、豊臣秀吉……さんの昔の名前なんですよ」

木下はがっくり肩を落とした。

「ワシってもう有名じゃないのか」

「あ、いやいや。そうじゃなくって、その……まさみさんの学が足りないというか」

木下は「まあいいわ」と言って居住まいを正した。

「ワシもかつては戦場を駆け巡った。戦では人を斬ったし、気に入らない家臣やその家族に腹を切らせたこともある。裏切りや謀略は日常茶飯事じゃった。地獄に堕ちるのも無理はない」

木下が衣服の袖をまくると、火傷の痕が現れた。

「ここで焼かれ、傷を癒され、を繰り返しているとな、自分の罪で苦しんでいる人々のことを考えるようになる。丹念に介抱してくれる看護の鬼たちが、優しさや思いやりを思い出させてくれる。熱した鉄が打たれ、冷やされ、を繰り返して、しなやかながら堅い刀になるように、現世で蓄積した邪念や疑心が火で炙り出されていくのじゃ。ワシは鬼たちに気に入られるようになっての。ほら、ワシって頭いいから」

まさみが何か言いかけたが、岡田はまさみに首を振って止めた。

「そんなこんなで、ワシは罪を償いきったあと、神に認められてここでほかの罪人に尽くすことにした」

木下はベンチからすっと立ち上がり、岡田のほうを向いた。

「だが、このところなぜか先ほどのような事故が起きるようになり、施設の安全性が問題視されておる。上層部には、ここの閉鎖も検討すべしとの声もあるらしい。お主たちの審査場での活躍は聞いておる。ぜひ、ここの立て直しのために力を貸してほしい」

木下は頭を下げようとしたが、岡田はあわてて木下の肩を支えてそれを止めた。

「やめてください、秀吉さん。わかりました。僕にできることなら」

木下がゴツゴツした手を差し出したので、岡田はまだ心の底に何かが引っかかっているのを感じつつも、精一杯の作り笑顔でその手を握り返した。

◆

初日を終え、四人はホワイトサンドの会議室でテーブルを囲んだ。

「温度管理システム自体には特に異常はなかったみたいっす」

塚本が首の後ろをさすりながら言った。柿崎が首をかしげる。

「ソフトウェアに問題がないとすると、設備の問題ですかねえ」

まさみが首を振った。

「事故が起きた部屋の設備は毎回点検して、少しでも怪しいと思われた部品はすぐに交換してるみたい。それに、事故が起きる部屋や時間帯はバラバラで、一度も起きない部屋もあれば、同じ部屋で立て続けに起きるってこともあるらしいから、設備が理由とはちょっと考えにくいかもね」

「そっすか。じゃあ、事故が起きた罪人のほうはどうすかね。例えば、なぜか同じような罪人で事故が起きやすいとか」

「その線もちょっと望み薄みたい。男女や年齢などの属性に偏りはないし、罪の重さにも傾向はなし。まったく事故が起きない罪人もいれば、何度も起きる罪人もいる」

塚本が身を乗り出して言った。

「原因分析はいったん置いておいて、依頼された『職員の安全確保』の観点にフォーカスしたらどうすかね。例えば事故が発生してから現場に駆けつける時間を短縮できれば、温度が上がりきる前に対応できるじゃないすか。木下さん、固定電話でどっかに連絡してましたよね。保全担当にケータイを持たせて、巡回させればいいじゃないすか」

柿崎が渋い顔で答えた。

「そこは木下さんに突っ込んで聞いてみたんですけどね、工場内は熱とか電磁波の問題で通信状態が不安定みたいなんですよ。なので、固定電話で保全担当の詰め所に連絡を入れて、そこから保全担当が駆けつける仕組みみたいです」

塚本が何かを思いついた。

「工場の通信状態……。ルーターの熱暴走とかWi-fiの電波干渉っすか。そうか、ローカル5G網を整備すればなんとかなるかも!」

「ちょっと待ってください、塚本さん」

腰を浮かせかけた塚本を、それまで議論に黙って耳を傾けていた岡田が手で制した。

「なんすか。早いとこエリア設計に取りかかりましょうよ」

「まあ、待ってください。ちょっと冷静になりましょう」

岡田の言葉に、塚本は不服そうな表情を浮かべながらも腰を下ろした。

一呼吸置いて、岡田は塚本を見据えた。

「審査場のプロジェクトで僕たちは現場の声に耳を傾けず、目の前に見えた解決策に飛びついて対策が不十分になりました。『ドリルを買いに来た人が欲しいのは、ドリルではなく穴』。もう少し時間をかけて現場を調べて、焦熱地獄の『穴』を調べてみませんか」

「そうね、そうしましょ」

「ですね。今まさにそれを言おうとしていました」

まさみと柿崎は岡田に同意してうなずいた。塚本は何か言いたそうな顔をしたが、思い直してしぶしぶ首を縦に振った。

「では、明日から現場のヒアリングを開始しましょう。そのためにも、今日はしっかり食べて寝て、明日に備えましょう」

岡田の声は力強かった。

◆

その日から、四人は焦熱地獄に通っては職員たちをつかまえて話を聞く、という地道な作業を繰り返した。

その中で気づいたのが、木下は職員に一目置かれる存在だということだった。人間が鬼を統制することに抵抗や反感を示す者もいるのではないかと岡田たちは予想していたのだが、そうではなかった。木下は深く広い知識や洞察力、人心掌握術ならぬ鬼心掌握術で巧みに職員たちの信頼を得ており、それもあってヒアリングに嫌な顔をする者はほとんどいなかった。

岡田たちはホワイトサンドの会議室の壁一面に模造紙を貼り、そこに知り得た情報や気づきを書き込んでいった。全員が同じ情報を共有し、思い込みやあやふやな記憶ではなく、事実を踏まえて議論するための工夫だった。

部屋の模造紙が半分程度、文字や図で埋まった頃のことだった。岡田は初日の見学で事故が発生した独居室の様子を調べていた。発生当時はあまりに部屋が高熱だったこともあって立ち入り禁止となっていたが、数日経って温度が下がり、入室の許可が出たのだった。とはいえ、何が起きるかわからないこともあり、木下の指示で保全担当の若い職員が一人、岡田の調査に付き添っていた。

「岡田さん、なるべく早くお願いしますねー。俺もうシフト終わりなんで。これからデートなんですよ」

心ここにあらずの若い職員に、岡田は「すみません」と両手を合わせ、金網の上を恐る恐る歩きながら辺りを見回した。火の入っていない部屋は暗く、まるで洞窟の中にいるようだった。辺りには焦げたような、強烈な臭いが充満している。はるか昔から何人もの人間がここで焼かれてきたのだ。髪や衣服、脂の類などの単純な臭いではない。後悔や恐怖、絶望など罪人の阿鼻叫喚の苦しみそのものが部屋の至る所にこびりついているかのような、吐き気を催すものだった。

どこかの隙間やパイプを風が吹き抜ける時に鳴る音が、まるで亡者たちのうめき声に聞こえる。岡田は思わず身震いし、回れ右して部屋から出ようとしたところで、カツンと何かを蹴った。かがんで見てみると、それはかろうじて網目に引っかかる程度の、黒い塊だった。手に取ると、意外に軽い。岡田は若い職員に近寄って塊を見せた。

「これって燃料ですかかね」

職員は首をかしげた。

「さあ。燃料は直接、配給パイプを通って金網の下に入りますから。速攻燃えちゃうんで普段あまり燃料を見かけないんですよね。それに、燃料配給の仕組みを作った方はもう引退してしまって、今いる職員で燃料とか配給とかに詳しいやつはいないと思いますよ」

「え、燃料周りのこと、誰も知らないんですか」

「はい。いわゆるブラックボックスってやつです。誰も知らないのはヤバいと少し問題になってましたが、皆忙しくて目の前の仕事で手いっぱいで」

「引退した方にはどこかで会えたりするんですかね」

「いやー、わかんないっすね。青蓮院様経由で閻魔庁の誰かに聞いてみたらいいんじゃないっすか。てか、もういいすかね。そろそろ時間なんで」

岡田は課題解決の糸口が見えてきたような気がしてもう少し話を聞きたかったのだが、あとは青蓮院に尋ねることにして調査を切り上げることにした。

◆

「燃料ですか。確かに燃料そのものにはあまり着目してませんでしたね」

柿崎が何度もうなずきながら言った。

岡田たち四人は、再びホワイトサンドの会議室に集まっていた。焦熱地獄を出てから岡田は閻魔庁に立ち寄り、ひと通り青蓮院から情報を仕入れてほかの三人に召集をかけたのだった。

まさみが椅子に座った足をぷらぷらさせながら岡田に尋ねた。

「燃料って、現世の人間の負の感情なんだよね？」

「はい。焦熱地獄のあちこちに建っている高い塔。あのはるか上空に負の感情を結晶化する施設があるらしいんです」

「感情を結晶化って、どうやってんの？」

「焦熱地獄の中でもごく一部の限られた職員しか知らないようです」

「コーラの作り方とか、フライドチキンのスパイスみたいな企業秘密ってとこね」

まさみの言葉に、塚本が頭をかきむしった。

「あああ、コーラ、フライドチキン、現世の食べ物が懐かしいっすね！」

「ここにコーラもフライドチキンもないのは、秘密を知る人が地獄に堕ちてきてないからでしょうね。プロジェクトを成功させて、なんとか現世に戻りましょう」

岡田は「さて」と言って続けた。

「感情結晶化や配給の仕組みに詳しい職員はもう引退してしまっているのですが、青蓮院さん経由でご協力をいただけることになっています。ただ、ちょっと問題が……」

「問題？」

岡田以外の三人が口をそろえて言った。

「はい。引退してしまった方なんですが、引退後に自宅でやることがなくて、ひたすら食べて飲んで過ごしていたようです。その結果……」

まさみがパン、と手を叩いた。

「めちゃ太った！」

うなずいた岡田に、塚本が首をかしげて尋ねた。

「てか、太ったからなんなんすか。あまり関係ない気が」

「関係大ありなんです。まず、未使用の燃料を調べるためには塔のはるか上空にある感情結晶化の施設に行く必要があります。燃料は配給され次第、即燃やされてしまううえ、焦熱地獄は年中無休で稼働しているのであまり止めたくないと」

「なるほど。で、はるか上空の施設まで行くには体重が重すぎるってことすかね。大げさじゃないすか。そんなに重いんすかね」

「……なんでも、二階建ての家くらいの大きさと体重があるみたいです」

まさみが唾をのみ込んで言った。

「まじか。やっぱスケール違うわ。こんど取材行こ」

「さらに上空の施設に行くには、ある特殊な方法が必要なんです。地上から上空の施設には、階段もエレベーターもないんです」

まさみは眉をひそめる。

「え、まさか、空飛ぶ誰かさんに連れてってもらうってこと⁉」

「そうみたいです。天狗鬼と言って、主に高所での作業とか荷物の配達とかを生業にしているそうです」

塚本がなるほどとばかりにうなずいた。

「なんだ、簡単じゃないっすか。俺たちの誰かがカメラ付きのヘッドセットを着けて天狗鬼に空の上まで連れてってもらえばいいんすよ。で、太っちょの鬼さんにはＶＲゴーグルを着けてもらって、リアルタイムで見てもらいながら指示出してもらえばいいと。それくらいの技術は地獄でも使えるって、前に青蓮院さん言ってたっす」

まさみが、「へえ」と言って塚本を見た。

「で、天狗鬼と一緒に空を飛ぶのは誰？」

四人は一斉に黙りこくった。意味ありげな視線が交錯する。しばらくして、まさみが口を開いた。

「ここは人間界の伝統にのっとり、じゃんけんで！」

岡田、塚本、柿崎はまさみの提案に沈黙で賛成の意を示した。まさみが立ち上がり、ほかの三人も続いた。それぞれ拳を構え臨戦態勢に入る。まさみが深く息を吸い込んだ。

「最初はグー。じゃん、けん、ぽん！」

◆

岡田の喉元に、朝食がせり上がってきた。地面が瞬く間に遠ざかる。

天狗鬼が羽ばたく度に、ハーネスが股関節に食い込んだ。天狗鬼は塔の周りを大きく旋回しながら上昇したので、岡田は恒星の周りを回転する惑星のようにもてあそばれた。

「ひぃぃ。あぁぁ！」

岡田は情けない悲鳴をあげながら、天狗鬼と自分をつなぐ命綱を手が白くなるくらいに握りしめた。

『岡田くん、うるさいからちょっと黙って』

『おー、すごいすごい。ずいぶん高く上がったねぇ』

ヘッドセットのイヤホンから、地上で岡田のヘッドセットカメラの画像をのぞいている三人の陽気な声が聞こえてくる。

「ひどい、ひどすぎる」

天狗鬼にハーネスで吊られてはるか上空に舞い上がった岡田は、今さらながらに「グー」を出した自分を恨んだ。予想以上の恐怖に、涙と鼻水を朝焼けの空にキラキラまき散らしながら、上空施設の発着所に到着する。

天狗鬼にハーネスを外してもらうと、岡田はぐったりして壁に倒れかかった。

『じゃあ、始めましょう。牛頭鬼《ごずき》さん、よろしくお願いしまーす』

【はい、よろしくです。モウ、すぐにお腹空いちゃうから急ぎましょう】

まさみの声に答えた野太い声が、感情結晶化に詳しい牛頭鬼という鬼だった。

「はいはい。わかりましたよ。ほんと、人使い荒いんだから」

岡田は力の入らない足腰に鞭打って立ち上がり、ふらつきながらも牛頭鬼の誘導に従って施設内を歩いていった。

塔の上空、雲にもうすぐ手が届くところにある直方体のこの施設は、さらに上空で結晶化された燃料の仕分けが主な役割で、大きめの体育館ほどの広さがあった。

【モウ、少し先の部屋。そう、そこそこ。そこ入ってみて】

岡田は牛頭鬼の指示に従う。奥行きのある部屋には、太い丸太ほども胴回りのあるパイプが何本も天井から床に向かって斜めに走っている。

パイプの中には固形状の物質が絶えず流れて落ちてきているようであり、部屋の中はその音で騒がしかった。

耳元で誰かが何か言っていたが、騒音で聞き取れないため、岡田はヘッドセットのARディスプレイを片目に装着した。

【パイプの中の様子をガラス越しに見られるのぞき穴があるから、探してみて】

ARディスプレイ越しの景色に、字幕が浮かび上がった。こうした騒音の環境下でもコミュニケーションが図れるように、誰かが話した言葉が文字に変換される仕組みなのだった。

「承知しました」

岡田の話し言葉も画面に表示された。

岡田は手近なところにあるパイプにガラス窓を見つけてのぞき込んだ。

カラフルな握りこぶし大の塊が、ものすごい速さでパイプの中を滑り落ちていた。

『わー、きれい。いろんな種類があるのね』

『小さい頃、カラーボールがいっぱいに入ったボールプールで遊んだのを思い出しました』

言葉遣いからして、まさみと柿崎だろうか。岡田は文字の話し手が誰なのか、はっきりとわかるような画面設計が必要だな、と考えた。

『でも、なんでこんないろんな種類あるんすか』

塚本のものらしき字幕に、牛頭鬼が答えた。

【モウ、今説明しようと思ったのに。まあ、いいか。今、目の前を流れているのが、感情の結晶。感情の種類ごとに結晶化の仕方が違うから、色や形状が違う。例えば、怒りは燃えるような赤色でゴツゴツしている。悲しみは深く沈みこむようなブルーで、指で押すとへこむくらい柔らかい。恨みは泥のような茶色で少し粘り気があるって感じ。って、うん？】

「どうしました？」

牛頭鬼が急に押し黙ったので、岡田は気になって尋ねた。

【えーと、塚本さん……だっけ？今見ている画像って、ゆっくり再生して見ることはできますか】

『はい。少々お待ちください』

しばらく待っていると、岡田のARディスプレイがリプレイの映像に切り替わった。岡田のヘッドセットカメラで撮影した映像を塚本が再生し、それを全員で見ているのだった。

【そこでいったん止めて。モウ、行きすぎ。二秒巻き戻して】

牛頭鬼の指示で画像が静止画になった。

【その黒い塊、見える？　カラーのやつより一回り小さくて形がいびつなの。そう、それ】

画像の中の黒い塊に、塚本がマーカーで書いた丸印が現れた。比較的小さい黒い塊を囲んでいる。

事故が発生した部屋で岡田が見た欠片によく似ていた。

【なんだ、これは。こんな塊見たことない。どんな感情を結晶化したらこうなるんだ】

牛頭鬼のつぶやきが文字になって次々とスクロールして消えていく。

【岡田さん、ちょっと頼まれてくれませんかね。その黒い塊のサンプルをいくつか持って帰ってきてほしいです。施設の管理人に頼めば閻魔庁に了解を取ってくれるかと】

「サンプルですね。わかりました。指示は以上ですか」

【はい。モウ、けっこうです】

「ではサンプルを受け取って地上に帰りますね」

岡田は管理人室で事の経緯を伝えた。閻魔庁のお役所仕事のせいか、二時間ほど待たされて、ようやくサンプルを手渡され、岡田は発着所に戻った。

ところが、発着所に天狗鬼の姿は見えなかった。辺りを捜し回っていると、まさみの声がヘッドセットのイヤホンから聞こえた。

『岡田くん、いい知らせと悪い知らせがあるの。どっちから聞きたい？』

「じゃあ……いい知らせから」

『こっちで調べてたんだけど、例の小さい塊の正体がなんとなくつかめそうなの。とは言っても現時点では推測の域を出ない。君がそのサンプルを持ち帰ってくれたらちゃんとしたことがわかりそう』

「それは良かった。で、悪い知らせは？」

岡田が恐る恐る尋ねると、まさみがあっけらかんとした調子で答えた。

『岡田くんがそのサンプルを持ち帰るって話なんだけどね。送り迎えの天狗鬼が待ちきれなくて先に帰っちゃったみたい。だから、自分で帰ってこいって』

岡田の血の気が一気に引いた。

「どうやって？　僕飛べないんですけど」

『発着所にね、緊急用のパラシュートが置いてあるんだって。装着の仕方が書かれたマニュアルもあるから、よく使用方法と注意事項を読んで、飛び下りて帰ってこいって。ちょっと大変かもだけど、頑張って』

「あ、ちょ、ちょっと……」

プツっと音がして、まさみの声が途絶えた。

黒い塊を手にした岡田の頭の中は、真っ白だった。

◆

号泣しながら地上に戻った岡田が持ち帰ったサンプルは、牛頭鬼により成分の分析が進められ、その正体が判明した。

黒い塊は罪人のニュースや記事が現世のＳＮＳで出回ることにより、不特定多数の人間が罪人に抱く負の感情が結晶化したものだった。罪人と直接関わりがある人間の負の感情で生成される結晶は大きく成長するが、ＳＮＳの記事を読んだ不特定多数の人間が一瞬抱く不快な感情の結晶は比較的小さく、形もいびつになるようだった。さらに、怒りやいら立ちなどの感情に分類されない、自己顕示欲や背徳的な喜びなどの不純物が混入するため、黒い色になるとのことだった。

塊の正体がわかると、事故発生のメカニズムも予測がついた。ＳＮＳにより罪人のニュースが拡散することで、突発的に大量の負の感情が発生、これが一気に焦熱地獄に流れ込むため、爆発的に燃焼が進むとのことだった。発生するタイミングが焦熱地獄の部屋や罪人の特徴によらず、同じ罪人でも起きたり起きなかったりすることも当然だった。要は、現世でのＳＮＳで罪人のニュースが拡散するかどうかに起因していた。

残るは、解決策の検討だった。

ホワイトサンドの会議室。この日は岡田たち四人に加え、リモートで牛頭鬼、焦熱地獄から木下が対策会議に参加していた。牛鬼頭は立会人としてアドバイスする立場で、木下は岡田たちの打ち出す施策の実現性を判定する立場で参加を依頼したのだった。

これまでの調査、分析結果について簡単な報告を受けた木下は、腕組みしてうなった。

「なんと、SNSとな……。つくづく時代は変わったもんじゃ。それで、その塊ができてしまうのは必然というわけじゃな?」

岡田はうなずいた。

「これればかりはどうしようもありません。むしろ今後はこういった不特定多数による負の感情の突発的な生成という場面は増えていくと考えられます」

「結晶化の段階で生成量の調整、もしくは流量制限することは叶わんのじゃろうか」

木下の言葉に、牛鬼頭が反応した。

「可能かと言えば、可能です。ただ、既存の設備や仕組みに大幅に手を入れることになりますので、ほんとにモウ、モウ烈に時間と費用がかかります」

木下は黙り込んだ。

まさみが岡田と塚本を交互に見る。

「ねえ。なんかいい方法ないのかな」

柿崎もまさみに続いた。

「一時しのぎするって考え方もありますよね」

塚本が目をつぶり、腕組みをしてつぶやいた。

「まあ、しょうがないっすね。当初の案通り、まずは職員の安全対策を優先で暫定対応しますか」

考えを巡らせていた岡田が、「あ」と小さく声をあげた。

「あれ……暫定対策に使えるかな。塚本さん、『安全見守りシステム』って聞いたことありませんか」

「いえ」

岡田は立ち上がり、黒板の前を歩き始めた。

「現世で、とある工場を見学したことがあるんですけど、そこで導入されていたのを見たんですよね。作業員の安全確保のための仕組みだったと記憶しています」

まさみが「ふーん」とうなずいた。

「工場の作業員の安全確保ねえ。確かに、焦熱地獄の職員の安全確保と似てるっちゃ似てるかもね。てか、その『安全見守りシステム』って何なのさ」

「平たく言ってしまえば、作業員にカメラとかセンサーとかを持たせておいて、作業員が見ている景色を画面越しに管制室から見られるようにして、音声や映像で遠隔指示を出したり、脈拍や血圧などのバイタル情報も収集して体調や健康状態を監視したりするシステムです」

塚本がうなずいた。

「結晶の仕分け施設で俺たちがやったことの拡張版ってことですかね」

塚本の言葉に、岡田は天狗鬼に置き去りにされて決死のスカイダイビングを余儀なくされた恐怖の記憶がよみがえり、身震いした。木下が渋い顔になる。

「ただ、焦熱地獄は無線が不安定でのう。一応、Ｗｉ－ｆｉとやらは引いているのじゃが、肝心な時にへそを曲げて反応しなくなるので、あまり使い勝手がよくないんじゃ」

塚本が決め顔を作った。

「そこは５Ｇでなんとかなると思います。電波干渉に強いので」

「そうは言われてもなあ。本当に効果が出るかどうか、ワシは半信半疑なんじゃ……。あと、その５Ｇとやら、敷設にかなり時間と労力がかかると思うんじゃが」

煮え切らない木下に、岡田が言った。

「木下さん、まずはエリアを絞って試験的に導入して効果測定するのはどうでしょうか。そこで有意な結果が得られれば、段階的に適用範囲を広げていけばよいかと」

木下はなおもしばらく考え込んでいたが、意を決したか、大きく一つうなずいた。

「あいわかった。案ずるより産むが易し。やらぬうちからやれない理由を並べても、事態は好転せん。お主たちの助言に従い、まずはやってみることにしようぞ」

まさみが割って入ってきた。

「現世のＳＮＳも監視しておいたほうがいいんじゃない？　罪人に関するニュースが出回り始めた

ら『あぶなーい』って連絡がくるようにするとか」

岡田がまさみの言葉にしばし考え込み、続けた。

「その通りですね。そこは別プロジェクトで似たようなことをやっていないか、青蓮院さんに聞いてみます。ＡＩを活用した著作権侵害調査ってのもあるみたいですし」

柿崎が何かを思いついたらしく、口を開いた。

「現世で話題性のある悪事をはたらいた罪人の部屋には、温度センサーとか取り付けてみてはどうです？　５Ｇとやらで無線通信が安定するんですよね」

岡田が柿崎に微笑んだ。

「ありがとうございます。通常時の温度をＡＩに機械学習させ、異常な温度変化を検知したら、その部屋に一番近い場所にいる保全担当に自動的にアラートをあげる仕組みもできるんじゃないかと思います。そうすれば職員だけじゃなく罪人のほうも……」

そこまで言いかけて、岡田は、はたと気がついた。このプロジェクトは、職員である鬼の安全確保が目的と言われていた。だが、結果的に施策は罰を受ける人間側の安全確保にもつながるのだった。

岡田は、ずっと胸の奥で固まっていた何かがゆっくりほどけていくのを感じていた。

「いろいろとご意見いただきありがとうございます。恐らく効果のある暫定対応策としてまとめられると思います。こうしている間にも、いつ事故が再発するかわかりません。議論はここまでにして、あとは手を動かしながら考えていきましょう」

そこから岡田たちは、二週間かけて限られた範囲に「安全見守りシステム」を導入した。岡田と塚本はフレームワークなどを活用して、短期間でシステム構築を行い、現世からのデータも取得することでアラートの精度を高めることに成功した。無骨なデザインの腕時計型デバイスを体に着けることに抵抗がある職員向けには、まさみがイヤリング型のウェアラブルデバイスを提案し、率先して自分が着けることで職員たちのほとんど全員のデータ取得に成功した。柿崎はお得意の話術でわずかに残っていた反対派をうまく懐柔した。四人それぞれの働きにより、効果測定でほぼ期待通りの結果を得ることができた。

これを踏まえて、あとは焦熱地獄の職員たちでも適用範囲を拡大できるような計画書をさらに二週間かけて作成し、実際にレクチャーしてやり方やノウハウを彼らに伝授した。この暫定対応策の完了をもって、木下は焦熱地獄プロジェクトの完了を宣言した。

その後のポイント集計の結果、「いいね！」の数が飛躍的に伸びたのを見た四人は歓喜の声をあげて手を合わせた。

◆

ホワイトサンドの会議室で、岡田とまさみの二人は次のプロジェクトを探しながら部屋を片づけていた。

「焦熱地獄でかなりポイント稼げたから、とりあえず消滅だけは免れそうだね」

「はい、でも、生き返るにはまだポイントが足りません。時間的にも、恐らく次がラストチャンスです。この流れに乗って、次のプロジェクトも成功させましょう」

壁一面の模造紙をはがしながら、まさみがため息をついた。

「しかし、いらなくなったとはいえ、なんとなく捨てるのもったいないよね。私たちの苦労と努力そのものだから」

「そうですかね。ここで得た本当の成果は、きっと僕たちの思考回路に刻み込まれているはずです。今後のひらめきや発想の元ネタになると思います」

岡田は笑いながらそう言った。

「ドライだね。何かこうあるじゃん。愛着とか愛情とか。理論じゃなく感情ってのが」

「愛着って、模造紙に、ですか?」

「いや、だからただの模造紙じゃなくてさぁ……」

そこに、塚本が息せき切って駆け込んできた。

「大変っす! 閻魔庁、閻魔庁が!」

「そんなに取り乱して、どうしたんですか」

「閻魔庁に、抜き打ち監査が入ったみたいっす!」

「監査ぁ!?」

岡田とまさみが、同時に驚きの叫び声をあげた。

「今、テレビでちょうど速報やってるんで、行きましょう！」

岡田たちは食堂に駆け込んだ。ママと数人の客が食い入るように見つめる壁掛けのテレビには、緊急ニュースを報じるキャスターの顔が写っており、画面の下部にはテロップが流れていた。

『天界が閻魔庁を抜き打ち監査　魂の審査業務で不正の疑い』

岡田が呆然とした表情で言った。

「不正ってそんな……」

岡田の声に、ママが深刻な顔で言った。

「前代未聞の一大事だよ。天界としても、手がかりも何もなく監査に入るとは思えないから、それなりの証拠があってのことだろうね」

「仮にこれが本当だとすると、どうなっちゃうんですかね」

「今の地獄の神たちの責任問題に発展するだろうさ。これは荒れるかもね……」

まさみが息をのんだ。

「そうすると、姫と私たちの約束ってどうなっちゃうんだろう」

塚本が険しい顔で首を振った。

「とりあえず、事態がいい方向に向かうのを祈るしかなさそうっす」

岡田たち三人は、不安げに顔を見合わせた。

◆

閻魔庁の大会議場には、嵐が吹き荒れていた。

閻魔大王は天界への事情報告のため不在で、祁答院以下の大臣と各省庁の大臣たちに閻魔姫、青蓮院を合わせて十数人の神々が大会議場に詰めていた。皆立ち上がり、激論を戦わせて怒鳴り合っていて、大会議場内は混沌を極めていた。

「いったい、なぜこんなことになったのだ！」

「不正があったというのは本当なのか！」

「で、ですからそこは現在監査の指摘を受けて確認中でありまして……」

主にやり玉にあがっていたのが、魂の審査を管轄する審査庁の大臣だった。額に脂汗を浮かべ、矢継ぎ早の糾弾をかわすのに必死だった。

祁答院は椅子に身体を預け、考えに集中しているのか、目を閉じて腕組みをしている。閻魔姫と青蓮院は、険しい表情で周囲の様子をうかがっていた。

「祁答院殿、大王様は本当に不正をご存じではなかったのか⁉」

ある大臣が、唾をまき散らしながら祁答院を指さした。祁答院はゆっくり目を開けると、声の主の大臣をギロリとにらんだ。

「大王様を疑っておられるのか」

にらまれた大臣は一瞬ひるんだ様子を見せたが、すぐに勢いを取り戻した。

「そ、そうは言ってない。ただ、私は事実を知りたいだけで……」

「事が公になってしまった以上、我々は法に従って判断するしかない。内々に処理できる範疇を超えてしまった」

祁答院は重々しく言うと、周りににらみを利かせつつ続けた。

「そもそも、この件は天界とマスコミの動きが急すぎる。我々と同じくらい早く情報を入手できる誰かによって、なんらかの情報をリークされた可能性がある」

祁答院の言葉に、その場の全員が視線を交わし合った。誰かがぽつりともらした。

「この中の誰かが、内通者ということか」

祁答院はゆっくりとうなずいて、閻魔姫に鋭い視線を向けた。

「私はそう考えている。そしてその誰かは、閻魔大王様に反目する者だ」

祁答院の視線と言葉の意味を察した閻魔姫は、さっと顔色を変えて立ち上がった。

「貴様、わらわが内通者だと言っておるのか！」

祁答院は目を細めて閻魔姫を見据えた。

「そうは言っておりませぬ。ただ、姫様が大王様に反目していたのは事実ではございませんか」

髪を振り乱した審査庁の大臣が、何かに気づいて口を開いた。

「そう言えば、審査システムがＩＴ化したことにより、不正の糸口が見つかったと天界の監査官が口走っていたのを聞いた気がします」

「そうすると、元から不正の暴露が目的でＩＴ化を行った？」

大臣たちの物言いに、閻魔姫は怒りで顔面蒼白になり、拳をわなわなと震わせて叫んだ。

「貴様ら、黙っていれば好き勝手に言いおって。わらわが実の父親を糾弾しようとしていたと申すか！」

祁答院や大臣たちは皆押し黙ったが、その表情には閻魔姫の仕業を疑っている色がありありと見えた。

「もういい。この薄汚い猜疑心の茶番など、これ以上付き合っておれん」

閻魔姫はそう言い放つと、そのまま部屋を横切ってドアを勢いよく開け、外に出て行った。

喧噪が一転、大会議場は時が止まったようだった。青蓮院はため息をついて立ち上がった。

「私も失礼させていただきます」

大臣たちの何人かが同情の表情を浮かべる中、祁答院が視線を動かさずに言った。

「青蓮院殿、果たして貴殿は主君に忠実な犬なのかな。それとも悪賢い狐なのか」

青蓮院がピタリと歩みを止め、正面を見たまま穏やかな声で返した。

「その言葉、そっくりそのままお返ししますよ。では、失礼」

青蓮院は音もなくドアを開けると、身を滑らすようにして大会議場をあとにした。

◆

「まったく、愚弄するにもほどがあるわ！」

青蓮院と居室に戻った閻魔姫は、なおも怒りがおさまらない様子で憤慨していた。

「姫様、どうか落ち着いてくださいませ」

「落ち着いてなどいられるものか。よりによってわらわが父上を裏切るなどと戯言を。好き放題ぬかしおって」

青蓮院は、肩で息をする閻魔姫の背中に視線を送りつつ、口を開いた。

「心をお鎮めください。姫様がそんなことをするのはあり得ないのです」

閻魔姫が、ピクリと動いた。

「どういう意味だ」

「姫様が情報をリークしていないことは存じ上げております。なぜなら、情報をリークしたのは私だからでございます」

閻魔姫がくるりと振り向いて青蓮院をにらみつけた。そのまま壁に掛けられていた刀を手に取ると、つかつかと歩み寄り、切っ先を青蓮院の眉間に突きつけた。

「その言葉、戯言でしたではすまされぬぞ」

刀より鋭い閻魔姫の視線を、青蓮院は穏やかな表情ひとつ変えずに受け止めた。

「もう一度申し上げます。この私が天界とマスコミに情報をリークいたしました」

閻魔姫が「貴様」と叫んで刀を振るった。青蓮院の首筋ギリギリで刀は止まった。

「……なぜ、なぜそんなことを」

「お怒りはごもっともです。しかしながら、今一度冷静にお考えください」

平静そのものの青蓮院の態度に、気勢をそがれた閻魔姫は刀を放り投げ、ソファに身を預けた。

「考えがあってのことというわけか。いいだろう。話してみよ」

青蓮院が、恐れながら、と言って一礼した。

「組織を改革しようとした時、一番の困難は何だとお思いですか」

「なんだ、唐突に」

「姫様が推し進められていた地獄の改革。私の行動もその一部だということです」

「何？」

閻魔姫がソファの上で身を起こし、聞く体勢になったのを見計らって、青蓮院は続けた。

「組織の仕組みや体制など、目に見える部分に手を入れるのはたやすい。一方で、価値観や風土、倫理観など目に見えない本質的な部分を変えていくのは難しい。特にその変革が痛みを伴う場合はなおさらです」

「それでは何か。お前の行動は地獄の上層部の意識を改革するためのものであったと」

青蓮院はうやうやしく頭を下げた。

「その通りでございます。改革を謳ってはいるものの、強力な自浄作用を持って膿を出しきれる組織というのはほんの一握り。多くは表層的な形を変えるにとどまり、真の変革に至れるのは、身を切る痛みに耐える覚悟を持った組織だけなのです」

閻魔姫の目に戸惑いの色を見て取った青蓮院は、なおも続けた。

「先ほどの祁答院殿の言葉、覚えておいでですか。内々に処理したかったとの意図が明確でございました。恐らく、リークがなければ本件は隠蔽され、闇に葬り去られていたに違いありません。そしてこれは祁答院殿だけの問題ではありません。この組織は奥底で根腐れしているのです」

閻魔姫の顔が苦悩にゆがんだ。

「しかし、そのために父上が……」

「姫様、目をお覚ましください！」

青蓮院のいつになく厳しい口調に、閻魔姫ははっとして居住まいを正した。

「地獄を改革するには、姫様にも痛みに耐えていただく必要があるのです。大王様への姫様の愛情は理解しております。が、それに流されてはいけません。すべての魂のサイクルの正常化のためには、たとえ大王様を刺すことになろうと、鋼の意志で改革を断行する必要があるのです」

青蓮院の言葉に閻魔姫はしばらくうなだれて考え込んでいたが、再び顔を上げた。

「よかろう。改革に対するわらわの認識が甘かったというわけだな。そなたの並々ならぬ決意、受け取った。だが、わらわには父上が不正に関わっていたとはどうしても思えぬ。わらわ自身で父上関与の有無を調べたい。力を貸してくれるな」

「は、よろこんで」

うなずき合う閻魔姫と青蓮院の様子を、ドアの隙間からミミズのような物体がのぞいていた。小型のカメラとマイクが先端についたその物体は、ひとしきり役目を終えたのか、すっとドアの隙間から引っ込んで姿を消した。

◆

岡田、まさみ、塚本の三人は閻魔庁行きのファイアーカートに揺られていた。岡田たちが審査場、焦熱地獄の改革と立て続けに成果をあげたこともあり、閻魔大王の不正の証拠探しに協力してほしいと青蓮院から緊急の連絡が入ったのだった。

窓の外ではプラカードや横断幕を掲げて大声で叫んでいる鬼たちがそこかしこで集団を形成していて、発煙筒やら大王の写真を燃やす煙やらで街全体がいぶされているようだった。

時折、集団同士が衝突をしている場所もあって、血生臭い暴力沙汰が繰り広げられていた。

「しかし、不正があったくらいでこうも様変わりしてしまうもんすかね。現世じゃお偉いさんの不祥事なんて、日常茶飯事だったじゃないすか」

塚本の言葉に岡田が少し考えて答えた。

「でも、現世でそういう類のことをした人間が、地獄に堕ちてきて裁かれるわけですよね。その裁く側が同じようなことしてたら示しがつかないじゃないですか。だから、一口に不正といっても、罪の重さがかなり違うんじゃないかと思うんですよね」

「……なるほどっすね」

まさみが思い出したかのように言った。

「あれ？　そう言えば柿崎さんは？」

「閻魔庁で合流するってメールきましたよ。あの人、単独行動多いっすからね。私生活謎なんすよね」

「治安悪くなってるから、今後一人で出歩くのやめたほうがいいって言ってあげたほうがいいかも」

ファイアーカートが閻魔庁に到着した。出迎え役の鬼に連れられて、岡田たちは閻魔姫と青蓮院が待つ謁見の間に入った。三人が応接用のソファに座ると、閻魔姫は閻魔庁でのこれまでのいきさつを説明した。

「……なるほど。閻魔大王様の不正の調査、ですか。しかし青蓮院さんも、見かけによらず度胸ありますね。情報のリークなんて、ばれたら懲戒免職じゃすまないですよ」

背後で扉が開く音が聞こえ、鬼に案内された柿崎が入ってきた。

「いやあ、遅くなって大変申し訳ございません」

岡田たち三人のあきれたような視線を涼しい顔で受け流し、柿崎は言葉とは裏腹に、悪びれた様子もなくソファにすっと座った。

「あんた、やっぱ大物っすね」

塚本がぼそっとつぶやいた。

岡田が気を取り直して閻魔姫に尋ねた。

「それで、具体的に僕たちはどういう支援をすればよいでしょう」

閻魔姫の視線を受け、青蓮院がうなずいた。

「不正の疑いのある審査システムですが、データ管理はこの建物内の中央管理室で行っています。管理者権限を一時的に付与しますので、不正の有無をご確認いただきたいのです」

「システム操作を行うとなると、僕と塚本さんだけの作業になりそうですね」

「いえ、そういうわけでもありません。フォーマットが特殊で、電子化されていない文書はまだ資料室に並んでいますので、相川殿と柿崎殿はそちらをご支援いただければ」

岡田たち四人は、顔を見合わせてうなずいた。

「では、二手に分かれての作業ですね」

「地獄のためってのが大義名分ですが、こっちとしては改革を成功させて願いを叶えてもらえるかどうかが問題すからね」

塚本が言った。

「書類仕事は嫌だけど、頑張りましょ」

まさみがスマートフォン片手に意気込む。

「姫もそうですが、青蓮院さんの漢気にも応えたいですよね」

柿崎が爽やかな笑顔で付け足した。

四人は閻魔姫に一礼すると、青蓮院に連れられて部屋の出口に向かったが、ドアの前で岡田はふと違和感を覚えて立ち止まった。その正体が何かはわからなかったが、頭の奥で何かが引っかかった。次第にそれが凝集し始め、何かの像を結ぼうとしたところで、まさみが、「早く早く」と言って岡田の手を引いた。まとまりかけていた考えは消え去り、再び意識に舞い戻ってくる気配もなかったので、岡田は「まあ、いいか」とつぶやいて部屋をあとにした。

◆

それから数日間、岡田たち四人は閻魔庁に缶詰状態で不正調査を行った。岡田と塚本は中央管理室、まさみと柿崎は資料室にそれぞれ籠りっきりになり、過去のデータを洗った。

岡田と塚本はデータ化された最近の資料の確認なので全件調査が可能だったが、まさみと柿崎は、過去何百年にもわたって蓄積されてきた膨大な書類の確認なので、全件調査は現実的ではなかった。そのため、そもそもどの書類を対象に検査を行うかの検討をする必要があり、まさみの野生の勘を頼りにピックアップ検査を行うことにしたのだった。

岡田たちはひとしきり調査を終え、一時的に自由に出入りが許されていた閻魔姫の居室で顔を突き合わせていた。閻魔姫と青蓮院は会議に出席するため不在だった。

「これ……閻魔大王、やっぱりクロなんじゃない？」

目の下にクマを作ったまさみが、テーブルの上の書類の山に目をやって言った。髪の毛に派手に寝ぐせをつけた塚本が、ゆっくりとうなずいた。

「確かに、調査できた範囲の中でも、閻魔大王が審査した案件で、判決結果の操作や書類の改ざんや差し替え、消失が確認できるっす。書類上の記録なんで実際閻魔大王が関与していたかはわからないっすけど、少なくとも管理監督責任は問われそうっす」

寝不足で目を赤く充血させた岡田が、深いため息をついた。

「ああ、やっと一息つける」

岡田の言葉に、まさみがムッとした表情で嚙みついた。

「ちょっと、何？ その配慮のないコメント。これを伝えたあとの姫の気持ち、考えたの？」

普段であれば素直に謝るところだったが、寝不足と疲労で虫の居所が悪く、岡田は珍しく食ってかかった。

「いや、こっちもそれなりに協力してるじゃないですか。一息ついたってバチは当たらないでしょ」

「だから、そのコメントが自分本位なの」

塚本が空気を読まず口を差し挟んできた。

「いや、でも、いい情報を入手しましたからね。父親と対決って言うより、かなり有利な立場で戦えますよ」

柿崎があわてて割って入る。

「はいはい、ちょっと塚本さんは黙ってましょうね。事がもっとややこしくなるから」

岡田が塚本のほうを見て続けた。

「この証拠を姫に渡せば、回りまわって僕たちが生き返る可能性も出てくるかも」

突然、まさみがテーブルを叩いて立ち上がったので、残りの三人はびくっと身をこわばらせた。

「岡田くんさ、そんなに自分が大事なの？」

そう言い放つと、まさみは早足でドアを開け、部屋から出て行ってしまった。呆気にとられる岡田と塚本だったが、柿崎がすっと立ち上がり、肩をすくめた。

「君たちは少し他人の気持ちに鈍感かもしれませんね。ちょっとまさみちゃんをなだめてきますよ」

柿崎は静かにそう言うと、まさみを追って部屋から出て行った。

「なんすかね、あれ」

岡田はため息をついて肩を落とした。

「僕も心に余裕がなくなっていました。まさみさんにはあとで謝るとして、とりあえず姫と青蓮院さんには調査結果の一報を入れておきましょうか」

そう言うと、岡田は尻ポケットからスマートフォンを取り出した。

閻魔大王以下、大臣たちがずらりと並ぶ閻魔庁の大会議場は、かつてないほどの緊張感に覆われていた。閻魔大王は眉間にしわを寄せて押し黙っていて、その無言の圧力は呼吸をするのもためらわれるほどだった。

「それでは、次の議題に移ります。では、祁答院官房長官」

議長の総務大臣がかすれた声で言うと、祁答院がすっと立ち上がった。意味ありげな視線を青蓮院に投げかけている。

「では、私から。次の議題は、青蓮院大臣の更迭決議です」

祁答院の言葉に、場内にどよめきが起きた。祁答院は勝ち誇ったかのような顔で青蓮院を見つめている。閻魔大王は表情を変えず、微動だにしない。そこにいる全員の問いかけるような視線が青蓮院に集まった。隣に座る閻魔姫も、こわばった表情で青蓮院に目を向けている。青蓮院はぎこちなく笑った。

「これまた思いきったご提案ですが、いったい、どういった理由によるものでしょうか」

祁答院の目に、獲物を狙う猛獣のような鋭い光が宿った。

「青蓮院殿の更迭の理由。それは閻魔大王に対する背任です」

再び場内にどよめきが起きた。祁答院が「おい」と入口の鬼に顎で指図すると、部屋の照明が落ちた。続いて、部屋前方のディスプレイが起動する。そこに映った光景を見て、閻魔姫と青蓮院は、あっと息をのんだ。

画面には、居室にいる閻魔姫と青蓮院が映っていた。

『まったく、愚弄するにもほどがあるわ！』

画面の中の青蓮院が閻魔姫に語りかけている。

『姫様、どうか落ち着いてくださいませ』

画面を見ていた閻魔姫が、額に汗を浮かべて青蓮院に顔を寄せた。

「これはどうしたことだ。あの場には我々しかいなかったではないか」

動画はなおも続いていた。

『心をお鎮めください。姫様がそんなことをするのはあり得ないのです』

『どういう意味だ』

『姫様が情報をリークしていないことは存じ上げております。なぜなら、情報をリークしたのは私だからでございます』

祁答院が動画を止めさせた。部屋は気味が悪いほど静まり返って、針が落ちる音も聞こえそうだった。祁答院が押し殺した声で言った。

「大王様、みなさま。お聞きでしょうか。この地獄の混乱を招いた張本人こそ、あそこにいる青蓮院なのです。澄ました顔でこの場にいるあやつこそが、薄汚い裏切り者の狐なのです」

閻魔大王が青蓮院をにらんだ重圧で、青蓮院の周りの大臣が思わず身を引いた。閻魔姫も身を固くしている。

「青蓮院よ、本当か」

言葉数こそ少ないものの、閻魔大王の言葉は鉛のように重かった。その場の誰もが固唾をのんでやりとりを見守っていた。青蓮院は平然とした表情だったが、額から顎にかけて汗が一筋滑り落ちた。

「……お聞きの通りです。私が天界とマスコミに情報をリークいたしました」

大会議場が騒然となった。嵐のように皆が口々に何かを叫ぶ中、閻魔大王と祁答院、閻魔姫と青蓮院の四人だけが身じろぎもせずにらみ合っており、その周りだけがまるで別の空間のようだった。

祁答院が、「静粛に。静粛に」と叫ぶと、場内はなんとか落ち着きを取り戻した。

全体が静かになるのを見計らい、困惑する議長に目くばせして、祁答院が口を開いた。

「それでは、決に入ります。お聞きの通り、地獄の混乱を招いた責を問い、青蓮院殿の更迭に賛成の方は挙手を……」

「お待ちください」

青蓮院が立ち上がり、毅然とした態度で言った。全員の視線が再び青蓮院に集まる。

「私からも議題を提出いたします。議題は、閻魔大王様の不信任決議です」

「なんだと！」

閻魔大王が割れんばかりの声をあげて立ち上がった。あまりの声の大きさに、部屋の窓ガラスがひび割れ、大臣たちの中には、椅子から転げ落ちる者もいた。青蓮院は脂汗を額に浮かべながら、必死に閻魔大王の視線を受け止めた。

閻魔姫は目を丸くして青蓮院の腕をつかんだ。

「青蓮院、ことを急くでない……」

青蓮院は、優しく閻魔姫の腕をほどいた。

「姫様、ここが肝要です。座して死を待つくらいなら、前に歩を進めましょう」

そう言って、青蓮院は閻魔大王に向き直った。

「過去の閻魔大王様の不正を調査した結果、その証拠が見つかっております。ご存じの通り、魂の審査における不正は重罪。私はこの事実をもって、閻魔大王様の不信任案を提出いたします」

祁答院が不敵に笑った。

「何を馬鹿な。苦し紛れもほどほどにいたせ。今ここにない証拠で、大王様の不正とやらをどう立証するのだ。それに、その証拠が確かなものだとどうして言える?」

「確かに今ここにはございません。ですが、天地神明に誓って確かな証拠がございます」

互いの腹を探り合い、二人の視線が交錯した。ややあって、祁答院が口を開いた。

「では、判断を多数決に委ねよう。青蓮院殿の更迭に賛成の者は挙手を。逆に、青蓮院殿の妄言を信じ、大王様の不信任に賛成の者はそのまま。いかがかな?」

「それはあまりに不公平。証拠を提示してからでも――」

祁答院に食ってかかろうとした閻魔姫を制し、祁答院は強引に決を取った。

「それでは、挙手を」

大臣の面々は、辺りの様子を見回しながら次々と手をあげていった。中には判断を迷っている者もいたが、同調圧力に屈し、最終的に閻魔姫と青蓮院を除くその場にいた全員の手があがった。

祁答院がニヤリと笑って言った。

「青蓮院殿の更迭は決定ですな。それでは、この場からご退席いただこう。青蓮院よ、最後に何か言い残すことはないかな。もしくは、今ここで懺悔するなら、考え直してやってもよいぞ」

したり顔の祁答院に、青蓮院は会議の出席者全員を見据えて言った。

「……本当にあなたたちはこのままでいいのですか。私を切りたければ、どうぞご自由に。ですが、いずれ本当に取り返しがつかなくなることを一番ご存じなのはあなた方のはず。今こそ立ち上がってほしい」

青蓮院の言葉に、気まずい表情で目を伏せている者は少なくなかった。

「ふん、好きなだけほざくがいい。更迭の手続き完了まで、時間潰しにせいぜい荷造りでもしておくんだな」

祁答院が入口近くの護衛の鬼に合図すると、護衛は恐る恐る青蓮院の腕をとり、部屋の外に連れ出そうと歩き出した。青蓮院はその手を振りほどき、祁答院をにらみ返した。

「まだ終わっておりませんよ。むしろ、これは始まりです」

青蓮院は姿勢を正して、自らの足で部屋をあとにした。

◆

地獄はさらなる混沌の渦に放り込まれていた。更迭された青蓮院に代わり、閻魔姫が閻魔大王の不正の証拠を天界に提出し、これが受理されたのだった。

閻魔大王は「身に覚えがない」の一点張りだったが、岡田たちが見つけ出した書類が動かぬ証拠となり、事情聴取のため勾留されることになった。地獄の大臣たちも再び閻魔大王の不信任を決議せざるを得ず、それが受理された。

岡田たちは再び閻魔姫に呼ばれ、閻魔庁の謁見の間に集められた。閻魔姫は閻魔庁での青蓮院更迭までのいきさつを一気に話した。

「しかし……えらいことになりましたね」

岡田は閻魔姫と青蓮院に向かって言った。青蓮院はうなずき答える。

「大王の座が空位となった混乱収束のために、急いで新たな大王を選出する運びとなりました。大臣たちの中には、これまでの地獄の在り方に疑問を持っていた者も少なくないはず。私はもはや更迭が決定した身ですが、姫様がその声を受けて次期大王に立候補する意向を固めてくださいました」

青蓮院の言葉に、閻魔姫はゆっくりと顔を上げた。その迷いの晴れた瞳には、決意の光が宿っていた。

「てか、青蓮院さん、完全にはめられてるじゃないすか。誰か心当たりいないんすか」

塚本が言った。

「それは私が知りたいですよ。恨まれるようなことをした覚えはないんですがね」

声の調子は抑えていたが、憤りを隠せない様子だった。

「その調査はおいおいするとして、今は姫様が次期大王になるために手を尽くすことが先決です。最有力候補は大王派筆頭の祁答院殿です。大王の弔い合戦で組織票を固めてくるはず。ほかの大臣たちを取り込むべく動き始めているようです」

青蓮院がそこまで言ったところで、まさみが口を挟んだ。

「ってことは、その祁答院って大臣に勝てる材料をそろえなきゃいけないってこと？」

「その通りです。本日、みなさんをお呼びしたのはほかでもない、これまでの改革の成果を大王選でアピールするため、対策を考えるチームにぜひとも入っていただきたい」

「てか、それ以外選択肢ないっすよね。姫の改革が成功しないと、俺たち願いを叶えてもらえないっすから」

塚本が苦笑した。

「相変わらず人使い荒いんだから、青蓮院さんは」

まさみも横から言った。

「ばれましたか」

青蓮院が頭をかきながら言った。

「さっそくですが、私のほうで改革のアピールポイントをまとめてきましたので――」

青蓮院が話し始めたちょうどその時、ノックもなしに部屋の扉が開き、警察官の制服に身を包んだ屈強な鬼たちがぞろぞろと入ってきた。

「ここをどこだと思っておる」

閻魔姫の牽制に屈することなく、リーダーの刑事と思われるトレンチコートを着た目つきの鋭い鬼が答えた。右手には令状らしきものを持っている。

「お仕事の最中、誠に失礼いたします。おそれ多くも、閻魔姫様に至急、確認させていただきたい事案がございまして、こちらに参上いたしました。ご無礼をお許しください」

部下らしき鬼が、「警部、こちらを」と言ってタブレットを手渡した。

「姫様、この男に見覚えはございませんでしょうか」

警部と呼ばれた鬼が手持ちのタブレットを操作すると、人間の男性の顔写真が浮かび上がった。初老で、顔に深く刻まれたしわと隙のない鋭い視線が、ただならぬ気配を感じさせている。

「知らぬ」

閻魔姫がぶっきらぼうに答えた。

「地獄の果ての街はずれに住む、人間の闇医者にございます。鬼や罪人の魂を使って、怪しげな実験をしていた容疑で重罪になったのですが、不正に免除され、釈放されました」

「もしかして、例の閻魔大王の不正の……」

まさみの言葉に、警部がうなずいて続けた。

「閻魔大王様の不正は、そのほとんどが極刑に処されるべきものが減刑、または無罪放免にされたものでしたが、その魂たちがその後どうなったかを追跡調査したのです。多くは地獄に留まっており、まれに素行が悪く再度極刑となり消滅した者もいたのですが、この男だけ足取りがつかめなかったのです」

「つまり、この男は、地獄にもおらず、極刑にもならず、行方不明になった、と」

脇でやり取りを聞いていた岡田が口を挟んだ。警部がにらんできたので、岡田はすぐに口をつぐんだ。

「釈迦に説法ではありますが、ここ地獄で人間の魂を消滅させるには、魂のエネルギーを奪う『魂業鋼』で作られた刃で魂を裁断する必要があります。地獄に存在するその刃の種類は二つ。一つは刑場にある大型裁断機、通称『シュレッダー』。そして、もう一つが……」

「閻魔一族、つまり、父上とわらわがそれぞれ持つ『解脱の刃』」

閻魔姫がその言葉を継いだ。

「それを握る者の魂の活力を糧にする、生きた刀。生半可なエネルギーの持ち主では、柄を握っただけで命取り。神のみが扱うことを許される断魂の剣。それが、どこぞの闇医者とやらが行方不明になったこととどう関連があるのだ」

閻魔姫はいら立ちを隠せない様子で言った。警部がそれに答えた。

「天界に協力を仰いでこの男を追跡調査したところ、魂が消滅していることがわかりました。この結果を受け、まずは各刑場にある全シュレッダーの使用履歴を再確認しました。ご存じの通り、あれは死神一族が厳重に監視していて、使用する際、必ず魂の名前を台帳に記入する必要があります。ところが、台帳にこの男の名前はなかった」

「となると、その闇医者は『解脱の刃』で消滅させられた可能性が高い、ということでしょうか」

青蓮院の質問に、警部が答えた。

「はい。あの刀は生きているので、自分が斬った魂をすべて記憶しています。閻魔大王とはいえ、正式な手続きを経ずに人間の魂を消滅させることは重罪にあたります。そこで、大王様の刀を警察で押収して鑑定しましたが、男を斬った記憶がありませんでした」

「残る可能性はわらわが持つ刀のみ、ということじゃな。あの刀は門外不出ゆえ、我が宝物庫に厳重に保管しておる」

「今回うかがったのはほかでもない、その刀をあらためさせていただきたいのです」

「好きにするがよい。ついて来い」

一同は閻魔姫の案内で宝物庫の前へ集まった。

「失礼。施錠を確認させていただきます」

警部はそう言うと、一番体格の良い部下にその重厚な扉を開けさせたが、どんなに力を入れてもびくともしない。

「この扉はわらわしか開けることはできぬ」

閻魔姫が右手の親指を扉の前のパネルにかざすと、電子音とともに扉のロックが解除された。

警部の部下たちが開いた扉から続々と宝物庫に入っていく。岡田が隙間から中をのぞくと、金銀財宝がうず高く積まれた壁の奥に、青龍偃月刀《せいりゅうえんげつとう》のような黒い大きな刀が異様な存在感を放って鎮座していた。遠巻きに見ていただけだが、その刀から発せられる禍々しいオーラがすぐ近くで感じられるようだった。

「では、刀をあらためさせていただきます」

部下の一人が刀の刃に光を当てると、刃がプロジェクターのように輝き出し、おどろおどろしい叫び声とともに、反対側の壁に先ほどの男の断末魔の表情とその日時が記された映像が映し出された。

「そんな……」

呆然となった閻魔姫に、警部は静かに言った。

「閻魔姫様、こちらの刀は押収させていただきます。それから、大変おそれ多いことではございますが、重要参考人として署までご同行願えますでしょうか」

心ここにあらずといった閻魔姫の手を引こうとした警部を青蓮院が止めた。

「警部殿、いくらなんでも姫様がそんなことをするはずがありません。そもそも、動機は？」

青蓮院をにらんで警部が答えた。

「それを調べるのが我々の仕事です。どうかご容赦いただきたい。ただ、間違いなく言える事実は、閻魔姫様の刀を使って闇医者の魂が消滅したこと。そして、その刀が保管されている宝物庫の扉を開けられるのは、それこそご本人の言葉を借りれば閻魔姫様ただ一人、ということです」

「いや、しかし――」

青蓮院の言葉をさえぎり、警部は部下に目くばせした。

「青蓮院様、あなたもある意味、被害者です」

「……どういう意味ですか」

怪訝な表情を浮かべる青蓮院に、警部の部下がＨｅｌｌＴｕｂｅの動画を見せた。

そこには、閻魔姫が閻魔庁の大臣らしき人物と青蓮院の処遇について会話をしている様子が映し出されていた。動画の中で、閻魔姫は「青蓮院が暴走し始めている。最近改革が成功して図に乗っているようなので、身分をわきまえさせるために配置換えをしようと思っている」と言っていた。

「青蓮院さんを配置換えって……本当ですか」

横から見ていた岡田の言葉に、閻魔姫は信じられないといった様子で力強く首を横に振った。

「なんじゃ、この動画は……。誓ってそのようなことは言っておらん。わらわがこの者とこんな会話を交わしたことなど一切ない！」

閻魔姫は震える声を振り絞った。

「記憶にない。それは変ですね。では、なぜこの動画が存在するのでしょうか」

警部が詰問した。

「くどいわ。絶対にあり得ん！　青蓮院よ、そなたなら信じてくれるであろう……」

閻魔姫は泣きそうな目で青蓮院の装束の袖をつかんだが、青蓮院は目を合わせることもなくただ茫然とその場に立っていた。

青蓮院の肩を、警部がそっと叩いた。

「というわけでございます。これでおわかりでしょう。連れていけ」

警部の命令に従い、部下が姫の腕を強く取った。

「青蓮院！」

閻魔姫は叫んだが、青蓮院は微動だにせず、うつむいたまま一言「いま少し、お時間をくださ い」とつぶやいただけだった。

何度も青蓮院の名前を呼ぶ閻魔姫の叫びが廊下にこだました。

◆

「これから俺たち、どうなるんすかね」

塚本が頬杖を突きながらつぶやいた。

一連の地獄の騒動で、改革プロジェクトは事実上の解散状態だった。閻魔姫は拘留の身となり、当然ながら大王立候補の件は白紙撤回。青蓮院は閻魔庁に呼び戻され、事態の収拾に忙殺されていた。岡田たちは完全に放置され、荒波に揉まれる小舟の心境で、誰からともなくホワイトサンドの食堂に集まり、不安げにテレビを見つめる日々が続いていた。

ニュースは、どの局も閻魔姫の不正処刑疑惑でもちきりになっていた。閻魔一族の不正ということで警察が公表する内容はごく一部のみで、被害者や犯行現場の詳細は伏せられていた。公表されたわずかな情報として、犯行時刻に閻魔姫にアリバイがなく、また犯行現場と思われる場所から閻魔姫の指紋が検出されたことから早々に送検されたことと、姫の裁判がすぐに開始される見込みであることが繰り返し流れていた。ＨｅｌｌＴｕｂｅでは閻魔姫が青蓮院を配置換えして切り捨てようとする場面の再生回数が記録的な伸びを見せ、閻魔姫への失望と怒りがコメント欄にあふれる一方、閻魔姫のために改革に尽力していた青蓮院への同情論も出ていた。

「どのニュースも同じことばっかり……」

まさみがスマートフォンを見ながら文句を言った。

「姫も完全に悪者っすね……」

塚本がぽつりとつぶやく。

「僕たち、現世に生き返ることはできないんですかね……ここまで頑張ってきたのになあ」

柿崎がため息まじりに言った。

「それにしても、何か話が出来すぎてる気がするんですよね。タイミング良すぎるというか……」

岡田がぽつりとこぼした。

「あー、自分もちょっとそう思っていたっす。なんとなくっすけど」

塚本が身体を起こしつつ言った。

「それってどういうこと？　まさか、誰かが姫を陥れようとしたとか？」

まさみがぐいと乗り出した。

「その可能性も否定できないんじゃないかな、と。姫がこんな事件を起こすのはちょっと想像できないし、そもそも動機がよくわかりません。調べてみる価値はあるかもしれません」

「なら、その可能性に賭けようよ！」

「可能性に賭けるって、具体的にどうするの？」

柿崎がまさみに尋ねた。

「んー……急にそう言われるとねえ……って、あ！」

「どしたんすか、急にフリーズして」

塚本の言葉を無視して、まさみはスマートフォンを取り出して掲げた。

「じゃじゃん。思い出した。実は、あの場面こっそり撮影してたんだよね」

まさみを除く三人が、「おおっ」と歓声をあげた。

「まさみさん、ナイスっす！」

塚本が叫んだ。

「まさみさんがスマホで撮った動画、全員で共有しておきましょう」

「あとで過去のやつもまとめて送るわ」

岡田たちはあらためてそれぞれのスマートフォンで動画を確認した。そこには、警察との会話、宝物庫での映像、悲痛な姫の叫びまで、すべてが録画されていた。

「確かに姫が嘘を言ってるようには見えないですね」

柿崎がつぶやいた。岡田が続ける。

「同感です。逆に、青蓮院さんを配置換えにすると言っていた動画のほうはなんとなく姫らしくなかったです。あれ、もしかしたらフェイク動画かもしれません。僕も専門家ではありませんが、最近、ＡＩを駆使した『ディープ・フェイク』という技術を使えば本物と見間違うくらい精巧に作れるとか。柿崎さんのパソコンにある動画編集アプリもそれに近い機能ありませんでしたっけ？」

「ええ、付いてますよ。素人の僕でも、サクッと動画加工できちゃうから便利なんですよね、これ」

そう言って、柿崎が自分のパソコン画面を開いて見せた。

「これがいたずらだとすると、いやに手が込みすぎてるっすよね。姫と青蓮院さんの会話の盗撮の件も引っかかるし、いったい誰が何の目的で……」

塚本が腕組みをして頭をひねっていると、まさみが「そう言えば」と言った。

「塚本さん、閻魔庁の位置情報を可視化するプロジェクトの支援してたじゃん。あのデータってのぞき見れるんだよね。宝物庫に近寄った人のログとか残ってないかな」

「いや、さっき俺もそれ思って確認してたんすけど、残念ながらシステム本番稼働前でログ取り始めてないっすね。プライベートエリアなんで、監視カメラもこの一帯には一つもないみたいっす」

「そっかあ……」

まさみが舌打ちした。岡田もふとひらめいて塚本に尋ねた。

「指紋認証記録はどうです？　実は、姫以外で入れる人物がいたとか」

「確かに。調べてみる価値あるっすね」

塚本はパソコンを起動してしばらくデータをチェックしていたが、首を横に振った。

「……だめっす。全件、姫の認証記録だけっすね。登録ＩＤも姫のものだけで、一切更新されてないっす。あと認証機構も見てみたんすけど、生体反応がないと認証できないやつっすね、これ。プリントシールとかじゃ無理っす」

「じゃあ、やっぱり、刀は姫しか持ち出せないってことかな……」

まさみが落胆して言った。

「刀からの線はいったん置いておいて、被害者について調べてみますか」

岡田が提案した。

「警察の情報によると、被害者は『闇医者』って人間で、地獄のどこかの街はずれに住んでるってことでしたよね」

　塚本が言った。

「僕たちや木下さんみたいに、刑場の外で鬼と暮らしている人間は珍しいんで、うまく捜せばいずれ見つかるかもしれません」

　岡田が付け足した。

　まさみがスマートフォンを操作し、「『闇医者』と『街はずれ』で検索したけど、それっぽいのは全然出てこない」と愚痴ったが、「いや、ネットで即出てきたら『闇』じゃないっしょ……」と塚本がすかさず突っ込んだ。

　その後も、ああでもないこうでもないと悪戦苦闘しているところに、ママが朝食を持ってやってきた。

「なんだかにぎやかだね」

「ありがとう。ねぇ、ママ。突然だけど、闇医者って知ってる？」

　まさみが尋ねた。

「なんだい唐突に」

「なんでも、街はずれに住んでるみたいなんだけど」

「街はずれ？　うーん、そうだねぇ……そうすると……あれかしら」

　岡田たちは思わず身を乗り出した。

「闇医者かどうかは知らないけど、『零番地』って呼ばれる地帯に腕のいい人間の医者がいるって話をお客から聞いたことがあるね。今度若返りの施術でもお願いしてみようと思って、住所を控えてあるのさ」

ママによると、その医者はかつて外科の名医として名を馳せ、その腕を買われて人間ながら閻魔庁にも取り立てられていたものの、突如として表舞台から姿を消したとのことだった。噂によれば、人体実験まがいの怪しい施術で当局に目をつけられ、以来ずっと人目を避けているのだという。

「いやね、整形なら報酬次第でどんな要望にも対応してくれるってんで、私もぜひお願いしたいところなんだけどね……」

ママの言葉に歯切れの悪さを感じ取った岡田が尋ねた。

「何か引っかかるところでも?」

「場所がねえ。零番地ってのはさ、地獄の中でも後ろめたい事情を持った者たちが最終的にたどりつく場所なのさ。道路は凸凹、電気も水道もまともに通っちゃいない。物騒な事件は日常茶飯事。気軽に行っていい場所じゃないのさ」

塚本が重い口を開いた。

「さて、どうしたものっすかね」

まさみが迷いなく手をあげた。

「行ってみる、に一票。これって、ひょっとすると、いきなり当たりじゃない？」

柿崎が渋い顔で言った。

「僕はちょっと慎重派かな。鬼のママでさえためらう場所に、人間の僕たちだけで行くのは危険じゃないかな」

まさみが岡田の顔をのぞき込んだ。

「岡田くん次第ね」

「ぼ、僕次第？　塚本さんは……」

「俺は中立っすよ」

「そんな……」

まさみがなおも岡田に顔を近づけた。

「賛成一票、反対一票。中間票一票。岡田くん、君はもちろん？」

「はん……」

「え？　何、聞こえない。さん？」

まさみが口で「せい」と形作って急かす。

「さん……賛、成」

岡田は半ばまさみに押し切られる形で賛成に一票を投じた。柿崎が肩をすくめて苦笑したのが横目で見えた。

「よし、決まり。じゃあ零番地、行ってみよう！」

ママから住所を聞くと、四人はホワイトサンドを出て零番地方面のファイアーカートに乗り込んだ。

◆

零番地は、ファイアーカートの終点から深い森へと続く道の先にあった。曇天のせいもあり、鬱蒼と木々が重なる細道は昼近くでも日没後のように薄暗かった。道と言っても、地面はほとんど草に覆われ、時折斜めに突き出した木の枝が顔にまとわりついてきて、まるで土地全体が外部からの訪問者を拒んでいるかのようだった。

塚本が唾をはき出しながら言った。

「ぺっ、うぇ。蜘蛛の巣、食っちゃったっす」

まさみも頭の周りの虫をうっとうしそうに払い、スマートフォンを見ながら言った。

「本当にこの先に誰か住んでるのかな。電波も通じないよ、ここ」

「住所と地図上は、確かにこの辺りのはずなんですが……我慢して進みましょう」

岡田の言葉に、一同は黙々と歩いた。

やがて道が開け、森と山に囲まれた集落のような場所に出た。ぽつりぽつりと点在する家屋はどれも長年の風雨にさらされて朽ちかけていて、住人の気配がまったく感じられなかった。集落全体が、世間から忘れ去られたように、不気味に静まりかえっていた。

四人はぬかるんだ舗装もされていない道を進んでいった。どの家も扉は固く閉ざされ、通りにはまったく人影がなかった。奥の森から、子どもの悲鳴にも似た、得体の知れない鳴き声が聞こえた。

柿崎が辺りを見回し、押し殺した声で言った。

「みなさん、留守なんですかね」

まさみがスマートフォンで辺りを撮影しながら、少し離れた家を指さした。

「窓から、誰かがこっち見てる」

まさみの目線の先、蔦が血管のように壁を這っている家の二階の窓に、青白い顔が見えた。顔はこちらの視線に気づいたのか、すっと背後の暗闇に消えた。

「撮影は止めておきましょう。下手に刺激しないほうがいい」

岡田が低い声で言うと、まさみも察して、大人しくスマートフォンをしまった。

「あ、あれかな」

まさみが道の向こうを指さすと、一軒のひと際古びた家屋が見えた。背後には大きな林があり、敷地全体に暗い影を落としていた。家の周りには、家屋と対照的に色鮮やかな大輪の彼岸花が咲き乱れていた。ほかの建物と違っていたのは、家の至る所に、スズメバチの模様のように黄色い規制線が張り巡らされていたことだった。

一行は建物に近づくと、手分けして周りを観察することにした。

全面にさびや腐食が目立つトタンの壁は、長い年月、この建物がろくな手入れを受けていないことを物語っていたが、すべての窓にはめられた鉄格子は新しく、ちぐはぐさを感じさせた。窓から中をのぞくと、薄暗い室内にベッドや薬品棚が見え、そこでなんらかの医療行為が行われていたことは明らかだった。

くすんだコバルトブルーの壁には、カッターで切り抜いてはめ込んだような長方形のドアがあり、ノブは掛金と南京錠で施錠されていた。

四人が玄関前に集まると、岡田が言った。

「ここが診療所だったのは間違いなさそうですね」

塚本がうなずいた。

「そしてこの規制線。事件があったってことっすね」

柿崎が腕組みをしてうなった。

「しかし、この様子だと、中を調べることは難しそうですね」

まさみがそれに答えた。

「周りの家に聞いて回るしかないね。安全のため二人一組で。万一、何かあれば大声で知らせ合いましょう」

岡田とまさみ、塚本と柿崎がそれぞれペアを組んで、二手に分かれた。

聞き込みは難航した。ドアを叩いても、居留守なのか本当に不在なのか、反応がない。誰かいたとしても、細くドアを開けて要件を聞くや否や、ぶっきらぼうに返事をしてぴしゃりとドアを閉めるだけだった。何も情報を得られず、時間だけが過ぎていった。

空振りと空腹で、岡田とまさみの疲労はピークに達しつつあった。

「……今日はもう無理じゃないですか。ここの鬼たち、驚くほど非協力的ですね」

「でもせっかくここまで来たし、もう一軒だけ回ってだめなら次の手を考えましょ」

二人はほかの家から少し離れたところにポツンと建つ一軒家のドアを叩いたが、やはり返事はなかった。

肩を落とし、諦めて戻ろうとした岡田たちの背後から、声が聞こえた。

「おにいちゃんたち、どこから来たの？」

振り返ると、一つ目の鬼の少女が立っていた。やせ細ったその手には、ツギハギだらけのぼろ人形が握られていた。

「なんでいろんな家のドアを叩いてるの？」

岡田とまさみは、警戒心を与えないよう笑みを浮かべつつ、少女から少し離れたところで腰を落とし、少女と視線を合わせた。

「僕たちは外から来て、ちょっと調査をしてるんだ」

「ちょうさ？」

まさみが柔らかい声色で少女に語りかけた。

「探し物をしているの。あなた、あそこのおうちの人のこと、知ってる？」

まさみが診療所を指さすと、少女はきょとんとした表情でまさみをじっと見つめている。

「まさみさん、行きましょう。この子はたぶん何も知らないと思います」

岡田とまさみは立ち上がると、少女に「じゃあね」と声をかけて立ち去ろうとした。

「わたしも探しているの」

少女が唐突にそう言ったので、岡田とまさみは「え？」と言って立ち止まった。

「この子の帽子がなくなっちゃったの」

少女は悲しそうに泣き出した。まさみが少女をなだめたが、一向に泣き止む気配がなかった。

「ごめんね、おねえちゃんたちも探すの手伝ってあげたいんだけど」

まさみは困り顔で岡田を見ながら、小声で言った。

「……この子には悪いけど、あまり時間もないし」

「いや、ちょっと待ってください」

岡田はそう言うと、診療所のほうへと駆け出し、彼岸花を一つ摘んできた。

岡田は少女の人形を手に取り、摘んできた花を髪に挿して、落ちないようにくくりつけた。

「ほら。これでお人形が可愛くなったよ」

まさみは少女が喜んでいる様子を見て言った。

「岡田くん、君、なんだって地獄なんかに堕ちて来ちゃったのかね」

「まあ、それはもう過ぎたことですし、行きましょう」

二人のやりとりを聞いていた少女が、おもむろに口を開いた。

「あそこのおうちの人、お医者さんだったの」

「えっ」

岡田とまさみが同時に少女のほうを見た。少女はたどたどしい口調で続けた。

「いろんな人たちが、お医者さんのおうちに入っていったの。時々ちょっと、お顔とかいろんなところが変わって出てくるの」

岡田は、はやる気持ちを抑えて少女に微笑みかけた。

「きみ、あのお医者さんのこと、よく見てたの？」

少女はこくり、とうなずいた。

「そのお医者さんだけど、どこにいるかわかる？」

「ママがね、遠いところに連れて行かれちゃって、もう戻らないって言ってた。そのあと、おまわりさんが来ておうちを黄色いのでぐるぐる巻きにしたの」

まさみがごくりと喉を鳴らした。

「ねえ、お医者さんが遠いところに連れて行かれる前、最後に誰と会ったか、もしかして知ってる？」

少女は少し考え込み、口を開いた。

「わたし、夜に窓から見てたの。お医者さんがね――」

「うちの子に何してる」

脇から突然声がした。岡田とまさみがそちらを見ると、若い鬼が腕組みをして立っていた。

「よそ者と話しちゃいかんと言ったろう」

「でも、お人形さんの……」

「いいから」

少女は時折岡田たちのほうを振り向きつつ、父親らしき若い鬼に手を引かれて行ってしまった。

「あの子、最後に何か言いかけてたよね」

「あの様子だと、これ以上あの子から何か聞き出すことは難しいでしょう。日が暮れる前に戻りましょう」

まさみはうなずきつつ、少女の去って行った道を名残り惜しそうに見やった。

◆

岡田たちがホワイトサンドに戻った頃には、日はすっかり沈んでいた。四人ともくたくたに疲れていたので、翌日、あらためて作戦会議をすることにした。

翌朝、一同は昨日の疲労をかなり引きずりつつ、会議室に集合した。

「結局、わかったのは闇医者が住んでいたところだけって感じっすかね」

パソコンを操作する塚本の横で、まさみから送られた過去の動画を無言で見続けていた岡田が口を開いた。

「そもそも、誰が何の目的で闇医者の魂を消滅させたんでしょう。そして、これは姫の手によるものなのか。それとも、そう見せたい何者かの仕業なのか」

「姫じゃないよ。岡田くん、最初にそう言ってたよね」

そう言いきったまさみに、塚本がパソコンを見ながら反論した。

「岡田さんはそこまで言ってないっすよ。だいたい、宝物庫の刀の件も片づいてないし」

「え、じゃあ、塚本さんは姫が犯人だって疑ってるってこと?」

なじるようなまさみに、塚本は不機嫌そうに顔を上げた。

「いや、誰もそんなこと言ってないっしょ。姫の可能性は捨てきれないって言ってるんす。決めつけで暴走するのはまさみさんの悪い癖っすよ」

少しトゲのある物言いに、まさみがムキになって嚙みついた。

「……ちょっと何、その言い方。じゃあ、姫を信じてないってこと?」

「俺だって姫を信じたい気持ちはありますよ。ただ、今のまさみさんの目は先入観で曇ってるって言ってるんす。これ以上、議論する気ないっすから」

塚本はわざとらしくため息をついて、パソコンに目を落とした。まさみがふてくされた顔を岡田に向けた。

「岡田くんはどうなの?」

「えーと、なんて言うか、問題はそこじゃなくてですね……二人の言葉のボタンの掛け違いというか」

「あー、もう、はっきりしてよ。岡田くんって、そういうところあるよね。どっちつかずっていうか、自分の意見とかないわけ？」

まさみの辛辣な言葉に岡田もいら立ちを隠せない。

「それ、今の話と関係ありますか。塚本さんは思い込みで事を進めるのは良くないって言ってるだけですよ。証拠もないのにどちらか判断できるわけがないじゃないですか」

「じゃあ、岡田くんも姫のこと、信じてないんだ」

「いや、だからなんでそうなるんですか。僕はただ……」

「そうやって心のどこかで姫を疑いながら、うわべだけ姫と青蓮院さんにいい顔し続けてたわけ？」

「まさみさんだって、そうやって姫を信じたいって言ってますけど、本心は自分が現世に戻りたいってだけじゃないですか」

そこまで言って「まずい」と思ったが、すでに遅かった。まさみは一瞬、驚いた表情で固まり、岡田を悲しげに見つめたあとでそのまま目を伏せた。塚本は我関せずといった様子でパソコンを操作している。あわてて柿崎が割って入った。

「まあまあ、もうここまでにしましょう。皆、疲れが抜け切れてないんだって」

四人は視線を外して押し黙った。ギスギスとした雰囲気だけが漂った。

「私、もう一回、零番地まで行ってくる」

まさみは沈黙を破ってぶっきらぼうにそう言い放つと、三人を振り返りもせず、壊れるくらいの勢いで会議室のドアを閉めてホワイトサンドを出ていった。

岡田が立ち上がってあとを追おうとしたが、柿崎が手で制した。

「僕が追いかけます。女性一人で、あんな物騒な所に行かせるわけにはいかない」

急いで出ていく柿崎の背中を見ながら、塚本が頭をかいた。

「なんか、この前みたいになっちゃいましたね」

「まさみさんもあんな意固地にならなくてもいいのに……しょうがない、僕たちは僕たちで調査を進めましょう」

岡田は再び動画を確認し始めた。

「あ、ちょっと俺、気になったことがあるんで閻魔庁まで調べものしてくるっす。岡田さん、俺のパソコンからデータ見られるんで、好きに使ってください」

そう言って塚本が出ていったので、岡田は部屋に一人取り残される形になった。

岡田は塚本のパソコンで閻魔庁内の位置情報を調べ始めた。まさみの悲しげな表情と部屋を飛び出していった後ろ姿が度々フラッシュバックして思考が引きずられる。その度に頭を振り、なんとか集中力を保っていた。

どれくらいの時間が経っただろうか、画面で位置情報のデータに視線を這わせていると、あるデータが目に留まった。

「……これは、どういうことだ？」

岡田はまさみから受け取った動画を手あたり次第に再生し始めた。

「頼む。思い過しであってくれ……」

データと動画を交互に見比べながら、岡田はある仮説を高速で検証し始めていた。

◆

「まさみちゃーん、ちょっと待ってよ」

柿崎の声に振り向きもせず、まさみは口を一文字に結んで、ずんずんと歩いていった。

まさみの頭の中でホワイトサンドでの光景が繰り返しリプレイされていた。いら立ちで腹の底が煮え立つ感覚があったが、それが塚本や岡田に向けられたものでないことを自覚していた。

やり場のない、自身への怒り。冷静に考えれば考えるほど、岡田たちのほうが正しかった。岡田に心無いことを言ってしまった自己嫌悪が、そのいら立ちを余計に増幅させた。

閻魔姫を信じたい気持ちにも嘘はない。だが、自分が現世へ戻りたいだけだ、という岡田の言葉は、まさみ自身が無意識下に押しやっていた欺瞞を容赦なくえぐり出し、白日の下にさらしていた。

まさみは一人、小さくかぶりを振った。堂々巡りをするイメージの中に、岡田の顔がちらつく。

まさみはそれをかき消すように、さらに歩を早めた。

闇医者の診療所の入口まで来た。相変わらず、扉は南京錠で閉ざされたままだった。

「もう！」

規制線をくぐってドアを叩いた。衝撃でトタン板がきしむ金属音とともに建物が少し揺れた。少し後ずさりし、診療所の全景をとらえた。屋根からは煙突が伸びているのが見えたが、人が入れるほどの太さではなかった。

「不法侵入はやめてね。僕たちまで逮捕されちゃったら、意味ないよ」

追いついた柿崎が背後でぼそっとつぶやいたが、まさみは無視を決め込んだ。

まさみは診療所の周囲をぐるりと回り、特段何も見つからないと見るや、周囲の家への聞き込みを再開することにした。

まさみは柿崎を従えつつ点在する家をしらみつぶしにあたり、犯行時刻に何か変わったことがなかったかをあらためて聞いて回った。前日に訪問した家では「しつこい」と断られ、まさみの顔を見るなりドアを閉ざす者もいた。

この地に住むのは、他人にも自分にも興味のない変わり者か、後ろめたい事情があって鬼同士の関係を断ち切りたい者ばかりだった。面倒なことに関わりたくない。住民たちの顔には皆そう書いてあった。

徐々に日が落ちてきた。

「そろそろ帰ろうよ。日が暮れるよ」

のん気にそう言った柿崎の頭上を、真っ黒い大きな鳥がバサバサと不気味な羽音を立てて飛んでいった。三本足のカラスのようにも見えた。

「ほら、なんだか不吉な感じがするよ」

「そんなに帰りたいなら先に帰って。姫が犯人じゃないって証拠をなんとしても見つけるんだから」

「でも、もうすぐファイアーカートの最終便の時間だよ。そろそろ戻らないと……」

零番地からの最終便はほかの地区よりもかなり早く、それを逃すと、明日の朝までここから戻る手立てはない。道中、宿らしきものは一軒もなかった。それでもまさみは、閻魔姫が無罪である証拠をつかめば、古屋の蔦のように心に絡みついて離れないわだかまりが解けるような気がしていた。

「……わかった。じゃあ、あと一軒だけ」

ため息をつく柿崎に背を向け、まさみは最後にと選んだ家のドアをノックした。

「ごめんください。ちょっとお聞きしたいことがあるのですが」

しばらくすると、屋根に草が生えた、今にも崩れそうな木造のボロ屋から、大仏のようなパンチパーマの女鬼が眉間にしわを寄せて不機嫌そうに出てきた。

「すみません、あの、林のところにある診療所の先生が行方不明なのはご存じですか」

「あたしは何も知らないよ」

「なんでもいいんです。何か思い出せませんか」

食い下がるまさみの目の端、女鬼の背後で小さな影が動いた。

「あ、人間のおねえちゃん」

それは、昨日人形を持っていた鬼の少女だった。

女鬼は少女とまさみを交互に見比べて言った。

「そうか、あんたたちだね。この子に優しくしてくれたのは」

「私たち、行方不明の医者の件で確認したいことがありまして。何かご存じないですか。どんな些細なことでもいいんです」

女鬼は眉を寄せて何かを思い出そうとしていたようだったが、急に「あ」と言って手を叩いた。

「そう言えば、医者とは関係ないとは思うけど、この間まで、夜中になんか小さい飛行機みたいなのがブンブン飛び回ってて、そりゃあもう、うるさくてたまらなかったのよ。ライトもついててまぶしかったし」

「小さな飛行機……ドローン。ああっ！」

大声をあげたまさみを、柿崎と女鬼は怪訝そうに見た。まさみは「ありがとうございます！」と頭を下げて、大急ぎで駆け出した。

「もう、なんでこんなこと忘れてたんだろ」

ボロ屋を出るや否や、まさみは持参していた小型タブレット端末の動画フォルダを確認し始めた。

「まさみちゃん、どうしたの」

柿崎がゆっくりとまさみの側に歩み寄る。

「私、ＨｅｌｌＴｕｂｅ用のネタにしようと思って、前に岡田くんと一緒に地獄のいろんな場所で空撮してたの。ドローンをたくさん飛ばして撮影したんだよね。圏外の場所は自動操縦モードで」

「その映像がそのタブレットにあるんだね？」

「そう。これは皆にはまだ言ってないんだけど、えーと、犯行があった日の十一時……あった。やっぱりこの場所で撮ってた！」

まさみは震える手で動画を再生した。

「お願い……映ってて……お願い！」

犯行時刻付近に空撮された動画を、まさみと柿崎は食い入るように見つめた。映っているのは、この一帯のようだった。もう少し映像をスクロールすれば丸トップの煙突が立つ診療所が見えてくる。その辺りでドローンはホバリングしたまま一時停止した。そして――。

動画には診療所へ入っていく人影の後ろ姿が収められていた。遠くてライトが直に当たらずはっきりとは見えなかったが、閻魔姫の小柄なシルエットとはまったく別物だった。

「これ、絶対姫じゃないよね」

まさみが顔を上気させて言った。

「まさみちゃん……これはすごい。急いでホワイトサンドに戻ろう！」

柿崎も興奮している。

タブレットをしまってバス停へ向かおうとしたその瞬間、まさみは後頭部に強い衝撃を受けた。

強烈な痛みに襲われながら、まさみはそのまま意識を失った。

◆

岡田は自分の言葉を受けたまさみの悲しみに満ちた目が忘れられずにいた。まさみが閻魔姫を信じたい気持ちはわかっていたのに、それを踏みにじるような言い方をしてしまったことを後悔していた。

塚本は閻魔庁で調べものを終えて帰ってきたが、めぼしい成果はなかったようだった。地獄の混乱もあって店の客が少ないところを見計らってママは買い物に出ていて、店番を頼まれた岡田と塚本だけがホワイトサンドの食堂に残っていた。

つけっぱなしのテレビからニュースが流れていた。閻魔姫の裁判は二日後に決定したらしい。残された時間はわずかだった。また、事態の早期収束のため、明日の朝、大臣たちによる次期大王を決定する投票が緊急で行われるとのことだった。

続いて「閻魔庁　伏魔殿の深い闇」と題したコーナーが始まった。番組の人気コメンテーターが、中継先の広報担当大臣に青蓮院の不自然な更迭の理由を詰問していた。大臣のしどろもどろの回答に、コメンテーターは地獄の改革に貢献した青蓮院への支持を表明し、庁内の陰謀論を得意げにまくしたてていた。

そこへ、あわただしくドアを開け、柿崎が入ってきた。

「やられた……大変だ……」

腕をかばいながら、顔をしかめている。小綺麗だったスーツは所々破れ、泥だらけでボロボロだ。

「柿崎さん、どうしたんすか、その服」

弾かれたように塚本が駆け寄って、ふらつく柿崎を手近な椅子に座らせた。

「あれ、まさみさんは？」

岡田が尋ねた。

「まさみちゃんは……さらわれた……」

息も絶え絶えに柿崎が告げる。

「さらわれたって……どういうことっすか？」

塚本が目をひくつかせている。岡田が差し出したコップの水を一気に飲み干して、柿崎が口を開いた。

「姫の冤罪が諦めきれなかったんで、最終バスギリギリまでまさみちゃんと調査を続けていたんだ。そこで……」

柿崎は、どこかが痛んだのか、うっと一瞬顔をしかめて続けた。

「まさみちゃんが岡田くんと撮ってた動画に偶然あの辺りを撮影したものを見つけてね。二人で喜んで帰ろうとしたところで、急に後ろから何者かに襲われたんだ。殴られて、頭に袋をかぶせられた。僕は必死に抵抗してなんとか逃げられたけど、まさみちゃんはたぶんそのまま車でどこかへ連れて行かれてしまった」

柿崎は一気に話すと、椅子の背にもたれかかった。

「申し訳ない、自分の身を守るので精一杯だった。すまないが、もう一杯水をくれないか」

塚本が水をくんできた。岡田が大きく息を吐く柿崎をのぞき込むようにじっと見つめた。

「柿崎さん、なぜ脱出した時点ですぐに電話してこなかったんですか」

「かけようとしたんだけど、電波が悪くてね。ほら、あの辺り、圏外だろう?」

「ここに向かう途中、電波が回復した時点で知らせることもできたのでは?」

「あー……そうか、岡田くんの言う通りだ、ちくしょう、気が動転していたのかも」

塚本が柿崎に水を差し出そうとするのを手で制して、岡田は再度聞いた。

「先ほどファイアーカートの最終便まで零番地にいたと言っていましたが、そこから戻ってくるまでかなり時間がかかっていますよね。急いでいたのに何にそんなに時間をかけていたんですか」

「……なんでそんなこと聞くのかな、さっきから、なんか尋問されているみたいだけど」

苦笑する柿崎の目を、岡田は何かを見透かすようにじっと見つめた。

「尋問してるんですよ。柿崎さん、まさみさんをどうしたんですか」

岡田の言葉に、側にいる塚本が驚きの声をあげた。

「岡田さん、いきなり何言ってんすか」

柿崎は岡田の射るような視線を受け流し、いつものように笑いかけた。

「……ええと、いったい、どういうことかな？」

岡田はおもむろにスマートフォンをポケットから取り出すと、動画を再生した。

「これ、閻魔姫が青蓮院さんを配置換えにしようと話している例の動画です」

三人の間に、閻魔姫が青蓮院を陥れようとしている音声が響いた。

「それはもう見飽きたよ。で、それがどうしたの」

柿崎は不思議そうに言った。

「あらためてつぶさに調べたんですが、姫の表情が不自然になっている所がいくつかありました。瞬きだったり口角だったり。ほら、例えばここ」

そう言って、岡田は二人に動画を見せた。

「そう言われてみれば、ちょっと不自然かもしれないっすね」

「そうかな。僕には特に不自然には見えないけどね。で、これがどうかしたの？」

柿崎が岡田に尋ねる。

「これ、あなたが作ったフェイク動画ですよね。あなたのパソコンに入っている編集用アプリを使えば、それなりに精巧なものが作れます」

岡田の言葉に、塚本が困惑した様子で言った。

「ちょ……岡田さん、それはいきなり飛躍しすぎじゃないすか」

柿崎がそれに続ける。

「ちょっと何を言ってるかわからないな、僕も」

岡田はそれに答えず、動画の再生位置を変えた。

「この別のシーンですが、耳を澄ませて聞いてみてください」

岡田がボリュームを上げると、閻魔姫と閻魔庁の大臣らしき人物の会話が再生された。じっと耳を傾けていた塚本が声をあげた。

「誰か違う人の声が聞こえる！」

岡田が何度か動画を再生すると、確かに閻魔姫と大臣らしき人物との会話の合間に、極めて小さいが、別の人物の声が聞こえた。

椅子に座る柿崎は無表情を貫いていたが、組合せた両手をすり合わせる仕草に、岡田は柿崎が焦り始めているのを見て取った。

「この口調、どこかで聞いたなと思ったんですが、まさみさんが姫と青蓮院さんの会話を撮影したものと瓜二つでした。特徴的だったんで、たまたま覚えてたんです。これです」

岡田はまた別の動画を再生した。そこには、先ほどの別の人物の声そのままのシーンが映し出されていた。声の主は青蓮院だった。

「動画の『作者』は、このシーンから姫の声をサンプリングしたんでしょう。編集が甘かったのか、青蓮院さんの声まで残ってしまったようですね。まさみさんの動画編集を手伝っていたあなたなら、このデータは入手できたはずです。声のデータが少なかったせいか、アプリで修正しても違和感が出てしまったようですが」

柿崎が渇いた笑い声をあげた。

「いやいや、ちょっと待ってよ、岡田くん。それだったら、それこそまさみちゃんが真っ先に疑われるべきじゃないかな。彼女も動画編集が得意だし、その元データってそもそも彼女が撮ってた動画だろ。それに君だってまさみちゃんの動画編集を手伝ってたじゃないか。なんで、僕がフェイク動画を作ったことになるのさ」

岡田が別の動画を再生した。

「まだあります。姫が僕たちに大王の不正調査を依頼した時のこと、覚えていますか。僕、あの時心のどこかで何かが引っかかったんです。まさみさんが撮っていた動画を見直して、違和感の正体がわかりました」

岡田はスマートフォンを操作し、動画をあるシーンまで進めた。

「皆で、地獄の真の改革のために不正調査を決行するという姫や青蓮院さんの話を聞いていた時のものです。見ると、あなたはやや遅れて部屋に入って、姫の決意を知ります。そしてこの言葉です」

映像には、柿崎がしゃべっているシーンが映っていた。『……姫もそうですが、青蓮院さんの漢気にも応えたいですよね』の言葉が出たあと、岡田は動画を止めた。

「一見何の変哲もない言葉ですが、その時、何かおかしいなって思ったんですよね。『青蓮院さんの漢気』って何の話だろうって。で、気づいたんです。これは、青蓮院さんが大王不正の情報をリークし、姫が地獄の根本改革を断行する気持ちを後押ししたことだって。でもあなた、遅れて部屋に入ってきたから、この時その話は聞いてないですよね」

柿崎の目が一瞬、泳いだように見えた。

「そうだっけ？　いや、青蓮院さんならそういうことをやりそうだなって思って」

「あなた、この時すでに姫と青蓮院さんの間に起きた出来事を知ってたんじゃないですか」

岡田はそのままスマートフォンの画面を切り替えた。

「これが何かわかりますか。閻魔庁内にいる全員分の位置情報データです。審査場プロジェクトの横展開で、塚本さんが支援に入っていたので取れたデータです。その中で柿崎さん、あなたの位置情報も取れています。本来あり得ないはずの時間と場所で」

「位置情報？　僕の？」

柿崎の口調に、わずかに動揺の色が見て取れた。岡田はすかさずたたみかけた。

「ちょうど姫から不正審査の依頼の話があった前日、姫が青蓮院さんと自室で話していたと思われる時間帯です。あなたの位置情報はちょうどこの時、姫の居室の扉の前からずっと動いていません。そもそも、僕たちみたいな一般人は閻魔庁のこの区画に入れないはずですよね。こんな時間にこんな所で、いったい何をやっていたんでしょうか」

柿崎はそれに答えない。汗が一筋、柿崎の頬を滑り落ちた。

「何者かの手引きで閻魔庁に侵入して、閻魔姫と青蓮院さんの会話、聞いていたんじゃないですか。そしてそれを盗撮してリークしたのも、柿崎さん、あなたなんじゃないですか」

柿崎は無言で岡田の示す位置情報データの画面を見つめていた。

「確かに僕の位置情報だね、こんなに取れてるんだ。すごいね」

穏やかに話す柿崎に、塚本が恐る恐る話しかける。

「柿崎さん。あんた、今まで裏で……」

「そっか、ここまで疑われていたんだ。ショックだな。同じ仲間だと思っていたのに」

塚本が緊張した面持ちで柿崎の背後に回った。柿崎の背後で身構えた塚本が岡田に問いかけるような視線を向け、小さくうなずいた。

「柿崎さん、あなたのスマートフォンやパソコンを見せてもらえませんか。潔白だと言うなら、できるはずですよね」

岡田の言葉に、柿崎は取ってつけたかのような穏やかな笑顔で言った。

「ああ、もちろん。思う存分調べてもらえれば」

柿崎はスーツの内ポケットからスマートフォンを取り出す動作を見せたが、その手で素早くテーブルのコップをつかむと、中の水を思いきり岡田の顔面に浴びせかけた。

「うわっ！」

岡田は思わずのけぞった。

「このっ！」

塚本が背後から柿崎に抱きついたが、柿崎は椅子の上で勢いよくのけぞった。硬いもの同士がぶつかる鈍い音がして、頭突きを顎に受けた塚本があおむけに倒れた。

柿崎はそのままホワイトサンドを飛び出すと、駆け出していった。岡田が追ったが、柿崎は夜の闇へ紛れ込むかのように消えてしまった。

岡田が食堂に戻ると、塚本が口から血を流して呆然としていた。

「本当に柿崎さんが……まじっすか」

塚本の言葉に、岡田は悔しそうに天を仰ぐ。

「これで彼が裏切り者だということははっきりしました。ただ、彼自身には姫を陥れる動機が見当たらない。恐らく、何者かが柿崎を使って裏で動いています。そして、まさみさんはそれにつながる何かをつかんでしまった」

「いったい誰が……」

塚本がつぶやいた。

「それはこの先突き止めるとして、まずはまさみさんを捜しましょう」

岡田はあらためてまさみに電話をかけるも、圏外通知が出てつながらなかった。塚本はパソコンを開いた。

「塚本さん、まさみさんのスマホからＧＰＳデータって取れます？」

「今やってるんすけど、だめっすね。たぶん、柿崎が処分したんじゃないっすかね」

「まずいな。ああ、まさみさん、どこにいるんだろう」

岡田が落ち着かない様子で室内をうろついた。朝、まさみとケンカ別れしてしまったことが悔やまれた。あの時、もう少し自分がまさみの気持ちに寄り添えていさえすれば、という後悔の念が、押し寄せる波のように何度も脳裏をよぎった。

「……普通、この状況だと真っ先に口封じされるっすね。俺、裏世界に片足突っ込んでたんで、なんとなくわかるっすよ」

岡田は塚本の言葉に「縁起でもない」と言いかけたが、その最悪のシナリオの可能性は高かった。

「あ、でも魂だから、口封じのためには消滅させる必要があるっすね」

「そうか……ってことは……」

岡田と塚本は「刑場だ！」と同時に叫んだ。急いで魂を消滅させる大型裁断機「シュレッダー」の設置してある刑場を検索する。

「うーん、だめっすね。数が多すぎる」

「いや、ちょっと待ってください……柿崎は、ここを出たあとどこかのタイミングでまさみさんを刑場まで運んで、ついさっき帰ってきた。とすると、まさみさんがいるのはその時間内に行ける刑場に限られるはずです」

二人は急いで候補の刑場をピックアップした。塚本が画面を見ながら言った。

「絞り込んだ候補は五つっす。等活地獄、衆合地獄、大紅蓮地獄、焦熱地獄、大焦熱地獄」

岡田は店のレジ横からメモ帳とペンを持ってきて、塚本の言う場所を書き留めた。塚本が画面を見ながらうなった。

「まだ多いっすね。しらみつぶしにあたってると時間ないっす」

「何か手がかりは……」

岡田は必死で考えを巡らせた。ふと、まさみが焦熱地獄のプロジェクトでイヤリング型のウェアラブルデバイスを試験的に身に着けていたことを思い出した。

「塚本さん、ウェアラブルデバイスのデータです。まさみさん、まだ着けているかも」

塚本が急いでデバイス情報を蓄積しているデータベースにアクセスし、まさみの情報を検索した。

「おっしゃ、まさみさんの情報ありました。データもリアルタイムで送られてるっす。これ、刑場じゃないと記録されないんで、やっぱり今どこかの刑場にいることは間違いなさそうっすね。あ、心拍数も取れてるんで、まだ生きてますよって、あ、生きてはいないのか。ややこしいな。まあ、でもとりあえずよかった」

塚本は思わずガッツポーズした。岡田もそれを聞いて心底ほっとした。まさみの心拍数を示すデジタルの数値が、今の岡田には何よりの救いだった。

「デバイスで位置データって取れてます?」

「いや、残念ながら位置データの設定はオフだったみたいっす」

「じゃあ、どこにいるのかはわからないんですね」

「体温、心拍数と高低差の情報しか取れてないっすね」

二人は振り出しに戻った気分になって肩を落としたが、岡田が気を取り直して言った。

「とりあえず手に入る情報だけで、どの刑場にいるかさらに絞り込めないでしょうか」

「なるほど……まず、今も継続的にちゃんと心拍数が取れてるってことは、デバイスが外れたりはしてないってことっすよね」

「塚本さん、この『等活地獄』って確か、殺人犯なんかが金棒で殴られたり刀で切り刻まれたりする場所じゃありませんでしたっけ」

「そっすね。鬼が罪人一人ひとりを見張りながら直接蹴ったり殴ったりするみたいっすから、予定外の魂を混ぜるのは難しそうなので除外でいいのかもしれない」

岡田は書き留めた五つの場所のうち、「等活地獄」の文字にバツ印をつけた。

「あと四つか。塚本さん、この『大紅蓮地獄』ってどんなところでしたっけ」

塚本がパソコンを操作した。

「そこ、あんまり聞かないっすよね。えっとどれどれ……お、あった。『大紅蓮地獄』。ここは極寒の場所で、罪人の肌が割けて赤い蓮の花みたいになるからこの名前だそうっす」

岡田と塚本は黙って顔を見合わせた。岡田が唾をのんでいった。

「聞いただけで背筋が寒くなってきますが、体温データに急激な変化はないので、ここも違うでしょう」

「残りは三つ、『衆合地獄』ってのも聞き慣れないっすよね。えと、不倫した罪人が行くところみたいっす。てことは、あの女優ももしかしたら――」

「取得データに影響しそうな地理的な特徴とかないですか」

いら立ち混じりの岡田の声に、塚本は「わりぃ」と頭をかいて、パソコンの画面に集中する。

「ここ、けっこう凸凹して山が多そうっす。刀でできた山ってのもあるみたいっす。絶対登りたくないっすね、こんな山」

「高低差データはどうですか」

「今、履歴をグラフにしてるっす……えーと、基準高度から徐々に上がっているくらいであまり変わりなしっすね」

「衆合地獄はかなりアップダウンが激しいから、ここも可能性は低いですね。となると、残るは……」

岡田と塚本は、バツ印で消されていない「焦熱地獄」「大焦熱地獄」の文字を見比べて腕組みした。

二人はしばらく取得データと二カ所の地獄の特徴を交互に見比べてみたが、切り分けがなかなかできなかった。

こうしている間にも、まさみに危機が迫りつつある。岡田はファイアーカートの時刻表を調べた。ホワイトサンドから二つの地獄まで行ける最終便は、あと数分で来てしまう。

「まずいな……時間がない」

岡田は急いで立ち上がると、手近な機器をナップザックに突っ込み始めた。

「この二つ、距離は割と近いんで、とりあえず走りながら考えます。塚本さんには現地システムをクラッキングしておいてほしいのですが」

「同時にはできないんで、とりあえず一か八かでどっちかやっておきます」

塚本がそう言って画面に向かった。

「あとは頼みます。道中でどちらの刑場か絞り込んでみます。何か気がついたことがあったら連絡ください」

そう言って、岡田はホワイトサンドを出た。入口からちょうど最終便が出発する所が見えたので、急いで停留所に駆け寄りファイアーカートに飛び乗った。

道すがら、岡田はあらためていろいろな角度からデータの値を調べてはみたものの、決め手になるような情報はなかなか見つからなかった。

焦る岡田をよそに、時間は残酷に過ぎていく。ファイアーカートは間もなく焦熱地獄に到着しようとしていた。次で降りてしまうと、そこから三つ先にある終点の大焦熱地獄まで行く便はもう来ない。そのまま乗り越して、途中のどこかで焦熱地獄へ引き返すとしてもかなり時間を食ってしまう。

次で降りるべきか否かは、確信を得てから判断したいところだった。

まさみのウェアラブルデバイスから取得したデータは、塚本がグラフ化していた。パラメータをいろいろ変更しながら見てみる。一瞬、目を見開いた岡田は、すぐに塚本に連絡した。

「確認したいことがあるんですけど、グラフの表示を標準の五分おきから一分おきに切り替えた時、所々グラフが途切れてるのに気づいたんですが、これって何かわかりますか」

電話の向こうで塚本も画面を見ながら確認しているようだった。

『えーと……今、元データをざっと見てみたんですけど……確かに、ランダムにデータが抜けてるっすね。なんでだろう』

岡田は突然、ひらめいた。

「通信状況が悪くてデータが送られてない可能性はありますか」

『あ……確かに。焦熱地獄は俺たちでローカル５Ｇを入れた時に電波状態がかなり改善したのは確かめてるんで、こんな途切れは出ないはずっす。大焦熱地獄の改革スケジュールは……あった。これからローカル５Ｇ導入予定で、通信状態の改修は未着手っすね』

「それだ！これから大焦熱地獄へ向かいます。塚本さん、侵入するのは大焦熱地獄のシステムでお願いします」

『もうやってるっすよ！へっ。久しぶりにクラッカーとしての腕が鳴るっす』

ファイアーカートが焦熱地獄の停留所を通り過ぎた。岡田は、読みが当たっていてくれ、と心の中で祈り続けていた。

大焦熱地獄は、地獄の中でも最も罪が重い罪人が罰せられる場所だった。刑場は大きな活火山のふもとにあり、一帯が分厚い雲に覆われ、そこかしこからマグマが勢いよく吹き出していた。

大焦熱地獄の大門広場で、岡田は物陰に隠れて様子をうかがっていた。広場には窓に鉄格子をはめたバスが何台も停車していて、そこから暗い表情の罪人たちが監視役とみられる鬼にうながされて広場に次々と降り立っていた。大門の両脇には検問所が設けられ、罪人たちはそこで順番に身元確認をしたあと、門の中に消えていっていた。

◆

岡田はナップザックに突っ込んでおいたワイヤレスイヤホンを着け、塚本に連絡した。

「一応聞きますが、検問所を通らないで中に入れるルートってありますか」

『残念ながら、高い壁と高電圧フェンスで囲まれていて、門以外から入るのは至難の業っすね。今、偽の入館申請をでっちあげてるところっす』

「柿崎はどうやってまさみさんを連れて中に入ったんだろう」

『俺も気になって調べたんすけど、柿崎のＩＤ、閻魔庁だけでなくかなり広範囲のアクセス権限与えられてますね。おおかた、改革プロジェクトメンバーのふりをしたんでしょう』

塚本の声は、どことなく興奮を隠しきれないようだった。

「塚本さん、もしかして楽しんでません？」

電話の向こうから、軽い笑い声が聞こえた。

『もうクラッキングの緊張感と高揚感を味わえないと思ってたっすからね。大刑場のシステムに侵入できるなんて、夢のようっす』

「……まあ、楽しむのはほどほどに」

『あまり時間がないので、最終便でそこに来る予定の罪人と写真だけ差し替えておきます。本物が来ちゃったらバレますんで、一次しのぎ程度のもんっすけど』

「なぜ今来たんだって言われそうな気がしますが」

『そこは岡田さんの臨機応変な対応に期待ってことで』

「……なんとかやってみます。無事検問突破できたらまた連絡します」

岡田はイヤホンを外すとナップザックにしまい、代わりに以前撮影に使った折りたたみ式の小型ドローンを取り出すと、その脚にナップザックをくくりつけた。検問で荷物検査に引っかかる可能性があるので、荷物は塚本がドローンを遠隔操作して中に持ち込む計画だった。監視役に見つからないよう、上空を迂回して門の反対側に回り込ませる手はずだ。

「さて、あとは僕があそこを通りぬけないと」

岡田は物陰に身を隠しつつ、バスから降りる罪人たちの列の間に身体を滑り込ませた。

なんとか無事に検問所にたどりつくと、監視役の三つ目鬼が岡田を指さした。

「次、お前だ。早くしろ」

鬼はタブレットと岡田の顔を見比べ始めた。そこには今日収監予定の罪人の顔とプロフィールが映し出されており、塚本が岡田を通れるようにしてくれているはずだった。

「お前、予定にねえじゃねえか」

鬼が三つの目でギョロリと岡田をにらみつけた。

「そ、そうですか。なんでですかね。時間がちょっと違っていたとか」

鬼は「ちょっと待ってろ」と言ってタブレットを検索し始めた。ほかの検問の鬼が一人、手伝おうとしたのか、三つ目に近寄ってきて隣からタブレットをのぞき込んでいる。

万が一、塚本が岡田の情報の入れ込みに失敗していたら……。辺り一帯の暑さもあり、岡田の頬を汗が幾筋も伝い落ちた。

その時、鬼の肩越しに見えた刑場内の光景に岡田は目を見開いた。

人間の男が、刑場内に停めてあった軽トラックを発進させようとしていた。遠目だったが、運転席にいたのは紛れもなく柿崎だった。

柿崎がいる理由は定かではないが、まさみがここに連れて来られている可能性はぐんと高まった。

岡田は今すぐにでもトラックのほうに駆け出したい衝動を懸命にこらえた。今ここで早まった行動をすれば、怪しまれて詳しく調べられてしまう。岡田は拳を握りしめた。

三つ目ともう一人の鬼はまだタブレットをのぞき込んでいる。

早く、早くしてくれ。

岡田の思いも空しく、柿崎はトラックに乗って走り去ってしまった。

「おっ、あった、あった。なんだ、お前、最終便で登録されてるじゃねえか。これだからこのオンボロシステムはだめなんだ。閻魔姫様があんなことにならなきゃ、こいつも改善してくれていたのによ」

三つ目は岡田の首筋にペタンとスタンプを押して、親指で門の向こうを指示した。

「ほら行け」

岡田ははやる気持ちを抑えつつ、門をくぐり大焦熱地獄に足を踏み入れた。

◆

塚本は大きく安堵のため息をついて、椅子の背にぐったりともたれかかった。

両手が緊張の余韻でまだ細かく震えていた。

セキュリティの甘いシステムだったのが幸いし、岡田のデータ差し替えはギリギリのタイミングで成功した。検問の鬼たちにはなんとか疑念を抱かせず突破することができたようだった。

続いて、急いで岡田から監視の目を外し、ナップザックを届けて通信手段を確保する必要があった。塚本が大焦熱地獄の見取り図を出し、食い入るように見つめていた時だった。

「これは……」

塚本は監視カメラの画像を拡大した。急ぎで埋め込んだ顔認証システムが、まさみの顔を偶然とらえたのだった。倉庫のような場所に人一人がやっと入れる鳥かごのような檻がいくつも並んでおり、まさみはその一つに閉じ込められていた。続いて、一台の軽トラックがまさみの檻のそばに停まった。降りてきた男が檻の鍵を開け、ぐったりしたまさみを担いで軽トラックの荷台に乗せていた。男の顔を見て、塚本は思わず息をのんだ。

「こいつ……柿崎か！」

塚本の胸中に、柿崎に対する怒りがふつふつと込み上げてきた。塚本は急いで、自動追尾用の監視システムに軽トラックのナンバープレートを登録した。

◆

岡田は罪人たちの列に混じり、大きな岩石がそこかしこに転がる山道を登っていた。

滝のように流れる汗をぬぐいつつ、それとなく辺りをうかがう。列を左右から挟み込むようにして、監視役の鬼たちが一定間隔で目を光らせている。どこかで列を外れてまさみを捜しに行きたいが、このままでは監視の目をかいくぐれそうにない。塚本が必ず隙をつくってくれると信じ、岡田は感覚を研ぎすまして辺りの様子に気を配っていた。

やがて、列は谷状の地形に差し掛かった。人間の背丈ほどもある岩石が道の行く手をはばんでいて、列はそれを縫うように蛇行して進んでいた。

突然、上空でサイレンが鳴り響き、鬼と罪人たちが空を見上げた。チカチカとライトを光らせたドローンが「8」の字を描きながら、けたたましい音を鳴らして飛び回っている。例のドローンに間違いないが、岡田はナップザックが吊り下げられていないことを確認した。

監視役の鬼たちは気を取られ、槍や弓を持った鬼がドローンに狙いを定めていた。岡田は身を低くして、ドローンと反対側の岩陰に素早く身を隠し、息を殺した。

心臓が早鐘のように打っている。岡田はじっとして、耳をすませた。監視役の鬼たちはドローンに気を取られて岡田に気づいた様子はなかった。

やがて、鬼たちの歓声が聞こえた。ドローンが撃墜されたようだ。そのままじっとしていると、鬼たちが罪人を追い立てる声がして足音が遠のき、やがて聞こえなくなった。

岡田は注意深く身を起こすと、辺りを見回しつつ先ほどのドローンの動きを思い起こした。それが塚本のメッセージだと直感し、ドローンを目撃した地点から8時の方向に進むと、思った通り岩陰にナップザックがあった。中からスマートフォンを取り出しイヤホンを装着すると、とたんに興奮した塚本の声が聞こえてきた。

『よかった。列から離脱できたんすね。監視カメラがないんで、ドローンが撃墜されてから様子がわかんなくて心配したっすよ』

「塚本さんの機転のおかげです。それはそうと、先ほど門の付近で柿崎を見ました」

『こっちでも確認したっすよ。まさみさんを乗せて軽トラックで移動してます』

「まさみさんを⁉ いったい、どこで？」

『さっき、消滅が決定した魂たちが閉じ込められている檻から連れ出してました。あそこに放っておけばそのうちシュレッダー行きだったみたいっすけど、わざわざここに戻ってきてまさみさんを連れ出したってことは……』

塚本が監視システムの画面を確認した。

『恐らく行き先は火山の火口付近っすね。シュレッダーがそこにあるみたいっす。俺たちに自分が裏切り者だってことがばれたから、計画変更して急いでまさみさん消すつもりですかね』

「……シュレッダーって死神が厳格に管理してるはずでは？」

『今は地獄全体が大混乱してますからね。管理が行き届いてないんじゃないっすか』

岡田は道の先にそびえる山を見上げた。それほど高くはないが、至る所から噴煙が吹き上がっている。時折、山頂から火山ガスが炎となって噴出し、辺りを明るく照らしていた。

「追いつく手は何かありませんか」

『そこから右手に荷物運搬用のリフトがあって、それに乗れば頂上まで直通っす。今は使われてないみたいっすけど、試しに遠隔で動かしてみたらなんとか動いたっす』

塚本の言葉を聞くなり、岡田は駆け出していた。

「柿崎より先に火口にたどりつかないと」

谷を登りきり辺りを見回すと、古びた鉄塔のような建物が見つかった。上部からリフトが山に向かって伸びている。岡田はその建物に向かって全力で走り出した。

「……着きました。今からリフトに乗ります……」

息を整えようとする岡田の声に応え、塚本はリフトの主電源をオンにした。リフトがガタンと大きな音をたててゆっくりと動き出す。ショベルカーのショベルを大きくしたような形のリフトに横になり、岡田は山の頂上をにらみつけていた。荷物用のフック付きワイヤーが備え付けてあったので、落下防止のために身体に巻きつけておいた。

二カ所あるシュレッダーの投入口は一定周期で稼働を切り替える運用らしく、現在動いているのは火口の反対側のほうだった。柿崎たちと岡田が向かっている先には、鬼の姿はないだろう、と塚本は岡田に伝えた。

リフトは思いのほか遅く、まさみの無事を祈る岡田は焦燥感で気が狂いそうだった。

「もう少しスピード上げられませんかね」

『これがＭＡＸっす』

岡田はため息をついて、リフトの行く先を見やった。火山の八合目くらいのところにいるが、山頂はまだ少し先だ。

「トラックは今、どの辺りですか」

『……う頂上です。先回りは……理みたいっすね』

岡田の問いに塚本が答えたが、所々で音声が途切れていた。

先回りはできない。もし、リフトで上っている時間がなければ……。

身体に巻きつけたワイヤーに手を触れた時、視線の先に山頂の広場をとらえた。円形の広場にトラックが停まっていて、広場から火口へと黒い道のようなものが伸びていた。

その上で横たわっているのは、まさみだった。目を凝らすと、先ほどからまさみの位置が少しずつ動いている。ベルトコンベアだ。このまま行くと、まさみは火口のシュレッダーに真っ逆さまである。

「塚本さん、ベルトコンベアが稼働していて、上にまさみさんが横たわってます！　なんとか止める方法は……」

『広場の火口側に操作室があるはずっす』

岡田はそれらしき小屋を見つけ、中から出てきた人影を見て歯ぎしりした。

「柿崎……！」

ベルトコンベアは無情にもまさみを火口に運び続けている。とてもリフト降り場まで行く時間的余裕はなかった。

「塚本さん、合図したらリフトを止めてください」

『リフトを止める？　急いでるんじゃないんすか』

岡田は身体に巻きつけたワイヤーをほどき、フックをナップザックの口に引っかけた。

「ええ、だから、飛び降りるんです」

岡田は染み込んでくるような恐怖心を吐き出すかのように深呼吸をして、腰を浮かせて柿崎をにらみつけた。

◆

柿崎は操作室を出ると、まさみのほうを見てつぶやいた。

「……君が真相に近づかなければ、こんな必要はなかったのに」

突然、頭上でガクンと音がした。

「なんだ？」

上空を見上げたところで、違和感を覚える。ベルトコンベアの真上を並行に走る荷物運搬用のリフトが止まって揺れていた。

風を切る音がして強い衝撃を身体に感じ、次の瞬間、柿崎はまさみのほうに向かって吹き飛んでいた。

もんどり打って転がった柿崎が、なんとか体勢を立て直して身体を起こすと、ベルトコンベアの上にタブレットなどの物が散らばる中で、男が身体を必死に起こそうとしていた。上空に停止したリフトからワイヤーがぶら下がり、振り子のように振れている。柿崎はふらつく足をなんとか踏ん張り、上から降ってきた男をにらみつけた。

「なん……で……?」

岡田は柿崎をにらみ返すと、身をひるがえして溝を駆け上がり、操作室に向かって走り出した。一瞬虚を突かれて身を硬直させた柿崎も、すぐに岡田を追って駆け出した。

岡田は心臓が口から飛び出そうだった。呼吸が激しく乱れているが、息を吸うと胸に激痛が走り、酸素が足りず頭がくらくらする。着地の衝撃で右の膝がひどく痛み、足を引きずるようにしか動けない。

さっき一瞬だけ見えたまさみは、火口のわずか手前にいた。この足では、まさみのところまで走って助け出すには間に合わない。であれば、操作室でベルトコンベアを止める。岡田は着地してすぐにそう判断したのだった。

岡田は操作室に突進した。ベルトコンベアの操作盤は、火口に面した広い窓のそばにあった。赤と青のスイッチがあり、赤いほうに「停止」と書いてあった。岡田が操作盤に駆け寄りスイッチを押すのと、柿崎が飛びついてくるのは同時だった。

岡田は柿崎の体当たりをまともに受け、組みつかれたまま吹っ飛んで操作盤の脇の壁に背中をぶつけた。一瞬息が止まったが、柿崎が急いで身を起こし操作盤のスイッチを入れようとしたので、岡田も必死に起き上がって柿崎の腰に組みついた。

「なんで……こんなことを!」

岡田は歯ぎしりして叫んだ。柿崎は腰に絡みつく岡田をなんとか引きはがそうと、岡田のほうへ向き直って身体を足蹴にした。蹴られる度に痛めたあばらが痛み、気が遠くなりかけたが、隙を見て岡田は柿崎のむこうずねを拳で思い切り殴った。

柿崎の顔が苦痛にゆがむ。一瞬、力が緩んだ。その隙に岡田は立ち上がると、正面から一気に体重をかけて柿崎を倒した。岡田はあお向けの柿崎に馬乗りになり、胸ぐらをつかんで絞り上げた。

「仲間じゃなかったのかよ！」

岡田の両手首をつかみながら、柿崎が苦しそうに言った。

「仕方なかったんだ……」

操作室には二人の荒い息遣いだけが聞こえていたが、突如まったく別の声がした。

「……岡田くん？　柿崎さん？」

声の主は、まさみだった。まだ焦点は定まっていないようだが、入口に身を預けつつも、自分の足で立っている。岡田は柿崎に馬乗りになりながらそちらを見やった。柿崎も岡田の視線を追った。

まさみが低い声で続けた。

「……どういうこと？　何がどうなってるの？」

その瞬間、柿崎がまさみに見えないように、岡田にボディブローを打ち込んだ。激痛で横隔膜が痙攣し、岡田は激しくむせこんだ。柿崎が必死の形相でまさみに叫んだ。

「まさみちゃん、助けてくれ！　岡田はスパイだったんだ！」

岡田は柿崎の言葉に反論しようとするが、言葉が出ない。まさみは目を丸くして岡田と柿崎を交互に見やっている。柿崎がたたみかけるように言った。

「二人で調査に行ったあとに、こいつは後ろからつけていて、あの動画に気づいた僕たちをさらおうとしたんだ。僕はなんとか逃げたけど、こいつがまさみちゃんをここへ連れてきてシュレッダーで消そうとしたから助けに来たんだ」

「違……うんだ、まさみ……さん、スパイは、柿崎……」

かろうじて呼吸を回復させた岡田が、苦しさで顔をゆがめつつ叫ぶ。

岡田がまさみに気を取られている隙を見て、柿崎はさらに力強く岡田のあばらに拳を打ち込んだ。岡田はあまりの激痛に腹を押さえて倒れ、床にうずくまった。今度は柿崎がうつ伏せの岡田をねじ伏せ、体重をかけて首の後ろを押さえ込んだ。

「二人とも、やめて！」

まさみの叫び声に、二人は動きを止めた。柿崎は大きな声をあげた。

「まさみちゃん、さあ、手を貸して、岡田を倒すんだ！」

だが、まさみは微動だにせず言った。

「……スパイはあなたのほうね、柿崎さん」

まさみの言葉に、柿崎は血相を変えた。

「そんなわけないだろ！　なぜ僕を疑うんだ？」

「それ」

まさみは岡田の背中のナップザックを指さした。リフトから飛び降りる際、フックを引っかけた部分が大きく破れている。

「ここに来るまでに、リフトからワイヤーが吊り下がっていて、先のフックに何か引っかかっていたの。なんだろうと思ったんだけど、岡田くんの背中のそれを見て同じものだとわかった」

岡田の首を押さえつけたまま戸惑う様子の柿崎に、まさみが続けた。

「広場にドアが開いたままの軽トラックがあった。たぶん、そっちが私をさらってここに連れて来た人で、リフトのほうは私を助けに来た人」

まさみは少し寂しそうな顔になった。

「どうして？ 柿崎さん。一緒に改革頑張ったじゃん。なんでこんなことすんのよ」

柿崎が何か言おうとした瞬間、爆発音とともに地面が大きく揺れた。

一瞬、柿崎が体勢を崩したので、岡田はなんとか柿崎の手をほどいて這って逃げた。起き上がって操作室の窓から外を見ると、火口からすさまじい勢いで噴煙が上がっていて、火山弾がそこかしこに飛び散っていた。

突然、岡田は背中に激しい衝撃を感じた。一瞬何が起きたかわからなかったが、背中にぶつかってきたのは天井の破片だった。火山弾が操作室を直撃したらしかった。

柿崎がよろけながら起き上がり、まさみがいる入口のほうへと駆け出した。

岡田も背中の痛みをこらえながら立ち上がり、入口に向かおうとした。

再び轟音がとどろき、先ほどよりもはるかに強い揺れがきた。同時に操作室の床が中心付近から徐々にひび割れ、火口側の床が徐々に傾いていく。岡田と柿崎は、そのまま火口側へとずり落ちていった。

二人は必死に傾いた床を這い上がるが、床の角度が見る見る急になっていく。ついに操作室は中心から真っ二つに折れ、半分ほどが崩れ落ちて真っ逆さまに火口へとのみ込まれていった。

「岡田くん！」

まさみは顔を引きつらせて叫んだが、間一髪、岡田と柿崎は二人とも操作室の床の端をつかんで、ぎりぎり転落をまぬがれていた。

岡田はかすれた声で叫んだ。

「逃げろ、まさみさん！」

その場に踏みとどまるまさみに、岡田は必死に叫んだ。

「僕のことはいいから、早く！」

まさみはその言葉に反し岡田のほうへ駆け寄って手を取り、懸命に引っ張り上げようとした。崩落をまぬがれた床に、再びゆっくりと亀裂が走っていく。岡田も渾身の力を込めて這い上がる。まさみは力を振り絞って、なんとか岡田を引っ張り上げた。

岡田の身体は疲労とダメージで鉛のように重たくなっていたが、床の端を必死でつかんでいた柿崎を助けるため、柿崎の元へ駆け寄り、その手を取った。

「生きて帰るぞ、柿崎」

岡田は柿崎の腕をがっしりとつかみ、その目を見据えてうなずいた。柿崎は顔をゆがめ、耐えきれないように目をそらした。岡田はゆっくりと柿崎を引き上げた。

「その調子……うわっ」

再び轟音が鳴り、大きな揺れがきた。床がさらにひび割れて崩れ落ち、岡田はバランスを崩して火口をのぞき込む形になった。まさみがギリギリで岡田の腰をつかんで落ちるのを防いだ。

岡田は柿崎の手を離すまいと必死に握りしめていたが、まさみの力が次第に弱まっていき、ずるずると火口のほうへ引きずられていった。

「岡田くん……もう腕が……」

まさみが絞り出すように声をあげた。

柿崎が岡田を見上げる。微笑んでいるようにも見えた。その目からは、敵意は消え去っていた。

次の瞬間、柿崎は岡田の手を振りほどいた。

「あ……」

岡田の手が、空をつかんだ。

柿崎は空中で回転しながら、両手を広げてそのまま火口へと落ちていった。

まさみは軽くなった岡田をなんとか引き上げた。

二人は柿崎が消えていった火口をしばらく見下ろしていた。次第に揺れは落ち着き、やがて、地平線に輝くオレンジ色の朝陽が二人を照らした。

まさみが涙をぬぐうと、岡田は静かに言った。

「あいつのためにも、黒幕にはきっちり引導を渡してやりましょう」

しっかりとうなずいたまさみの瞳には、強い光が戻っていた。

「そうだ、今朝はすみませんでした。そのなんというか……」

「いいの」

後ろ手についた岡田の指先に、まさみの指が触れた。まさみが岡田の指先を手繰り寄せようとしたところで、通信が回復したのか、イヤホンから塚本の声がした。

『……ますか！　聞こえてますか！　岡田さーん』

「塚本さん、すみません。詳しい説明は省きますが、まさみさんは無事救出しました」

岡田はまさみにも聞こえるよう、スマートフォンをスピーカーモードに切り替えた。

『柿崎はどうなったんすか』

塚本の問いかけに、岡田は困ったような顔で答えた。

「火口に飛び下りていきました」

『自分で？　なんでっすか？』

「最後に僕たちを守ってくれたんだと思います」

塚本はしばらく沈黙してから口を開いた。

『あいつも、結局踊らされてたってことっすよね』

「黒幕を暴くためにも、まずはこの先どうするか考えましょう」

辺りを見回した岡田は、柿崎のものと思われるスマートフォンを見つけた。画面をタップすると、ロックがかかっている。

「塚本さん、柿崎さんのスマホを見つけました。ただ、ロックがかかってます」

『柿崎は確か顔認証を使ってましたよね。ちょっと待っててください』

数分後、再び塚本の声がした。

『岡田さんのスマホに、柿崎の顔写真送ったんで、それで顔認証してみてください。あいつのスマホ、少し前の型なんで、顔認証の精度が甘い可能性があるっす』

まさみが、えっと言って目を丸くした。

「スマホの顔認証って、そんなんで突破できるもんなの？」

『あれ。知らなかったんすか。古い機種によっては信用しすぎないほうがいいっすよ』

まさみが「うそ」と言って軽くショックを受けている間に、岡田は自分のスマートフォンに映した柿崎の顔写真でロックを解除した。

「できました」

岡田は急いで通話記録を確認した。

「……あった。やっぱり。塚本さん、今から言う時間帯の、閻魔庁にいた全員分の行動記録データって取れますか。大至急、確認したいことがあるので」

『いいっすけど……何に使うんすか？』

「詳しくはあとで説明します。明日の姫の裁判までもう時間がない。急いで」

『わ、わかったっす。けっこう量あるので、ちょっと待っててくださいね』

しばらくすると、データがすべて岡田のスマートフォンに転送されてきた。

「……おかしいな。そんなはずは……」

岡田はものすごい速さでデータを確認しながら、あるデータを見つけて思わず手を止めた。隣で何も言わずに静かに作業を見守っていたまさみが、突然、「あー！」と叫んだ。

『ど、どうしたんすか？』

塚本が驚いた声で尋ねた。

「あるよ、犯行時の動画！ほら、閻魔庁から地図情報に使いたいって言われて、動画データ全部渡してたじゃん」

「そうだった。まさみさん、お手柄です」

岡田が喜びの声をあげた。

『そうと決まれば目的地は閻魔庁の中央管理室っすね。青蓮院さんに早く連絡して、動画データを警察に渡さないと』

塚本が言った。

「僕は閻魔庁に直接向かいます。確かめておきたいこと、準備したいことができたので」

岡田は急いでまさみと軽トラックに乗り込むと、自身のスマートフォンの電話アプリを起動した。

◆

閻魔庁大会議場の空気は張りつめていた。大臣が一堂に会し、次期大王を決める投票が行われていた。青蓮院は更迭された身ではあったが、大臣たちも世論の後押しを無視できなくなり、候補者として名を連ねていた。一次投票の結果、祁答院と青蓮院の上位二人による決選投票となった。

議長の総務大臣が、手元の議事を読み上げた。

「それでは、これより新大王の決選投票に移ります」

祁答院と青蓮院は立ち上がって頭を下げた。祁答院は余裕の笑みを浮かべている。青蓮院は口を固く結んだまま、無表情だった。

「一次投票と同じく無記名方式とし、多数決で決定します。みなさんお手元の投票用紙に候補者名を書いて、壇上の投票箱に入れてください」

大臣たちは迷う様子もなく、投票用紙を持って立ち上がった。不正がないように全員の前で議長が確認し、間もなく集計結果が出た。議長は結果を再度確認すると、緊張した面持ちで壇上に上がった。

「それでは、開票結果を発表いたします。次期閻魔大王は……」

皆が固唾をのんで議長の発表を待った。

「次期閻魔大王は、青蓮院殿に決定しました」

その瞬間、祁答院の表情が一変した。

「ふざけるな！」

祁答院は机を拳で思いきり叩いた。

「貴様ら、いったい、どういうつもりだ。こやつは天界に不祥事をリークして閻魔庁を陥れようとした裏切り者だぞ！」

肩を震わせ、今にも青蓮院につかみかからんばかりの祁答院を、古参の大臣が静かに制して言った。

「祁答院殿、見苦しいですぞ。これが我々の答えと言うことじゃ。青蓮院殿は身を粉にして姫とともに地獄の改革にまい進してきた。閻魔大王、そして閻魔姫の後継として、この混乱の極みに陥った地獄を立て直せるのは、青蓮院殿をおいてほかにはおらぬ。この危機に、心を一つにして取りかからなくてどうする」

古参の大臣の静止を振りほどき、祁答院は青蓮院のほうを鋭い目つきでにらんだ。

「俺は絶対に認めんからな」

祁答院は捨て台詞を吐くと、部屋をあとにした。

青蓮院は壇上に上がり、うやうやしく一礼した。

「次期閻魔大王に選任いただきました青蓮院です。さまざまな不正が明るみとなり、閻魔庁、いや、地獄誕生以来の危機を迎えております。地獄の民からの信用も失墜しました。私はこれから全身全霊をかけて閻魔庁の信頼を取り戻して参りたいと考えます」

大会議場が大きな拍手に包まれた。

その頃、廊下を歩く祁答院のスマートフォンに、一件の着信があった。

電話の相手と話したあと、祁答院は静かに不敵な笑みを浮かべた。

「青蓮院よ、これで貴様も終わりだ」

◆

その夜、地獄は青蓮院の大王就任の速報でもちきりだった。先の騒動で苦労人のイメージが定着していたので、世論の反応はおおむね良好だった。

青蓮院に岡田の電話が通じたのは、結局その日の夜だった。

「青蓮院さん、次期大王に選任されたそうですね。おめでとうございます」

『お返事できずすみません。次期大王就任関連の手続きでいろいろと忙しく……お言葉、ありがとうございます。これも岡田殿をはじめ改革チームのみなさまの尽力のおかげです。今後は――』

岡田はじれったくなり、青蓮院の話をさえぎって続けた。

「実は、お電話を差し上げたのは、とても重要な別件のためです」

『別件？』

「時間がないので単刀直入に言います。閻魔姫は何者かに陥れられていたようです」

電話の向こうで、青蓮院が一瞬、息をのんだ。

『……それは本当ですか』

「柿崎が何者かの差し金で動いていました。詳しい話はあとで伝えますが、閻魔庁で姫と青蓮院さんの会話が盗撮されていたのも柿崎の仕業でした。姫が青蓮院さんを裏切ろうとしていた動画も、恐らく精巧に作られたフェイク動画です」

『なんと……』

「大王が不正で捕まった、その後、青蓮院さんも一時期追放され、閻魔姫もおよそらしからぬ罪で逮捕された。同時期に、あまりに話が出来すぎていると思いませんか」

青蓮院はしばしの沈黙のあと、岡田に尋ねた。

『……つまり、閻魔庁内の何者かが乗っ取りを企んでいると？』

「間違いありません。考えてみてください。最後まで無傷でいられたのは誰か」

わずかな沈黙のあと、青蓮院のはっという声が聞こえた。

『いや、まさか、しかし……彼は閻魔一族へ長年仕えてきた身のはず。いくらなんでも、そんな恩知らずな』

青蓮院は動揺を隠しきれない様子で、続けて尋ねた。

『証拠はあるのですか』

「姫が無実の証拠が見つかりました。まさみさんがＨｅｌｌＴｕｂｅ用に撮っていた動画に、偶然街はずれの闇医者の家に向かう人影が映っていたんです。解像度が低いので、それが誰かを判別するには警察での画像処理が必要です」

『ではその動画を一刻も早く警察へ持って行かねば。今、岡田殿がお持ちですか』

「いえ、残念ながらオリジナルは柿崎に機器ごと処分されてしまいました。でもバックアップが閻魔庁のデータベースに残っている可能性があります」

『では、その場所を教えてください。私には全データへのアクセス権があるので、最優先で警察へ届け出ます』

「それが……現地へ行かなければパスワード解除できないので、僕がそちらへ行って作業させてもらえませんか」

『もちろん。至急、迎えの者を行かせます』

岡田が閻魔庁に到着したのは深夜零時を回ったところだった。朝になれば、閻魔姫の裁判が行われる。それまでに姫の犯行を覆す証拠をなんとしても準備する必要があった。

エントランスに向かうと、青蓮院が駆け足で寄ってきた。

「岡田殿、ありがとうございます。さあ、こちらへ」

二人は急いで閻魔庁の中央管理室に向かった。青蓮院が扉の指紋認証パネルに親指をかざした。

だが、何度試してもエラーが出る。

「どういうことだ……？」

青蓮院は振り返り、監視カメラに向かって叫んだ。

「青蓮院だ。緊急事態につき、ここの扉を開けなさい」

スピーカーからは一切応答がない。

「聞こえないのか。次期大王命令だ。ただちにこの扉を開けなさい」

『……申し訳ありません。祁答院様の指示で、青蓮院様をこの先に通すなと』

スピーカーからくぐもった声が聞こえた。

「やはりか……祁答院め……」

青蓮院は唇を噛んで続けた。

「私は次期大王だぞ。今、そなたがしていることは重大な反逆に値する」

『……大変申し訳ありません。私にも家族がいるもので、祁答院様に逆らえば、それこそ明日がありません……』

それを聞いた青蓮院は、少し思案して一呼吸置くと、声のトーンを落として言った。

「そなたの立場、よくわかった。だが祁答院は姫様に成り代わり罪を犯したうえ、私も陥れて大王の座を狙おうとしていたようだ。私はこれからそれを暴くための重大な証拠を手に入れに行きたいのだ。なんとか協力してはくれぬか。その行為は無罪とし、むしろ褒美も与えよう」

しばしの沈黙のあと、スピーカーから声がした。

『……そのお言葉、信じてよいのですね』

「証人は監視カメラと岡田殿だ」

少しの間のあと、カチリと音がして金属扉のロックが外れた。

「そなたの勇敢な行動、忘れぬ」

青蓮院は監視カメラに向かって言った。

二人は中央管理室に入室し、通路を走ってデータベースの操作盤へと向かった。

操作席にたどりついた岡田が端末を起動し、ファイルの場所を確認する。青蓮院はその間、監視カメラの映像をチェックしていた。

「……岡田殿、まずいですよ。祁答院が勘づいたようです。こちらに向かっています」

「わかってます。あまり焦らせないで……ここをたどって……あった！　これです。この動画を警察に転送してください。僕は時間稼ぎに扉をロックしておきます」

岡田は青蓮院に動画の場所を示すと、急いで出口へ向かった。

「これでおしまいだ、祁答院！」

青蓮院が画面上のボタンを押す。画面の処理進捗バーがじりじりと伸びる時間が永遠にも感じられた。バーが徐々に百に近づく。

するとと突然、進捗率がゼロに戻り、すさまじいエラー音とともに、画面全体が赤くなった。

あわてて青蓮院は始めから操作をやり直す。だが何度やっても結果は同じだった。

「これは……どういうことだ」

震える青蓮院の背後から、それに答える声が聞こえた。

「そのファイルは『削除』できませんよ」

青蓮院が振り向くと、扉をロックしに行ったはずの岡田がそこに立っていた。後ろの狭い通路には、駆けつけたまさみと塚本、その後ろに祁答院をはじめとする大臣たちや鬼たちも顔を連ねている。

「これではっきりしました。青蓮院さん、あなたが姫を陥れた真犯人ですね」

◆

「……いきなり何を言い出すのですか、岡田殿」

「今言った通りです。あなたが今回の一連の事件の真犯人です」

青蓮院は困惑した様子で続けた。

「……何を仰っているのか、私には皆目見当がつきません。ちゃんと説明してもらえますか」

青蓮院は落ち着き払った様子だが、声の端々に動揺がにじんでいた。

「そのファイル、実は削除操作するとエラーが出るように仕掛けをした偽物です。本物は現在警察で鑑定中です。祁答院さんに裏で協力してもらいました」

何が起こったかわからない様子の青蓮院に岡田は続ける。

「なぜ、あなたは僕が警察に送付を依頼した虎の子の証拠動画を削除しようとしたのか。説明してもらえますか」

青蓮院は困ったように画面を見つめた。

「なんと……いや、動揺して操作を誤っていたようです。メール添付ではなく、削除するところだったとは。申し訳ない」

「そんな操作、間違うわけあるかぁ！」

塚本が声を張り上げたが、青蓮院は意に介さない様子だった。

「そう言われましても、実際に間違ってしまったのは事実なので……あらためて問いますが、私が姫を陥れたなどという証拠はどこにあるのでしょうか。いくら改革の立役者とはいえ、場合によっては名誉棄損ではすみませんよ、岡田殿」

青蓮院は岡田を鋭い眼差しでにらんだ。

岡田はおもむろにポケットからスマートフォンを取り出した。

「これは柿崎が置き土産に残していったものです。ロックは解除できたので、発信履歴を調べました。その前に、まず経緯をお伝えしておいたほうがいいですね」

岡田は一呼吸おいて続けた。

「僕たちは姫の犯行説にどうも違和感があったので、自力で冤罪の可能性を調べることにしました。塚本さんと僕、まさみさんと柿崎で手分けして証拠を集めていたところ、偶然、犯行時刻に闇医者を訪ねる何者かが映っている動画をまさみさんが見つけた。それを知って焦った柿崎はあわててまさみさんを気絶させた。その後処置に困って、魂を消す唯一の方法である刑場のシュレッダーでまさみさんを処分することにした。ここで一つ疑問が浮かびました。処分方法は柿崎の独断だったのか。普通、雇い主に指示を仰ぐのではないか、と」

青蓮院の表情に一瞬、陰りが見えた。

「まさみさんが気絶させられてから少し間をおいて、柿崎のスマホからたった一回だけ、発信履歴がありました。発信先はわかりませんでしたが、恐らくあなたのスマホに同時刻、柿崎からの着信履歴があるはずです。スマホ側で履歴を削除しても警察でサーバーデータを調べればわかりますよ。あなたは柿崎と何を話していたんですか」

青蓮院は、そんなことか、と言った様子で答えた。

「柿崎殿から相談があったのですよ。あなたたちの中に祁答院のスパイがいるかもしれない、と。そもそも、柿崎殿がスパイという話のほうが、あなたの作り話ではないですか」

「柿崎はスパイです。あなたと姫の会話を柿崎が盗撮していた証拠が位置情報として残っています。閻魔庁の位置情報ログを見てもらえばわかります」

「いや、だから、それこそおかしいでしょう。万に一つ、私が柿崎殿の雇い主だとして、なぜ自らが不利になる情報をわざとリークしたんですか。そのせいで、現に私は祁答院殿に一度追放されかけた」

不敵な笑みを浮かべる青蓮院に、岡田は淡々と答えた。

「あなたが次期大王を決定する最終投票で祁答院さんより有利に立つためです。次期大王選で、あなたは初めからいったんは姫を担いだあと、陥れる計画だった。そうすると次の候補者は姫派筆頭のあなたになるが、もともと大王の次点にいる祁答院さんの優勢を覆すのは難しい。そこで、祁答院さんの強引なやり方を快く思っていない大臣たちが少なからずいることを知っていたあなたは、あえてわかりやすい正義を貫いた。そして、一度祁答院さんに追放されることで大臣たちの同情を買い、最終投票で復活して過半数の票を手に入れる計画だったのです。だめ押しに、姫があなたを裏切るフェイク動画まで作って、姫と自分の関係も断ち切って、世間の同情も集めておく念の入れようです。現に『正義の青蓮院』のイメージ演出、成功しましたよね？」

鋭い目つきでにらむ青蓮院をよそに、岡田は続ける。

「それからもう一つ、あなた以外の誰かが柿崎を雇ったとして、なぜあの時間、あの場所であなたが秘密の暴露をすることが予想できたのでしょうか。偶然にしては確率が低すぎる。動画が撮れたという事実こそ、あれがあなた方の狂言である証拠です」

射るような目つきの岡田に、青蓮院はゆっくりと拍手した。

「まったく、岡田殿の想像力には脱帽です。すばらしい。よくもまあそんなストーリーを作れたものだ。作家を目指されてはどうですか。しかし今の作り話はすべて状況証拠だけ、肝心の物的証拠が何一つないではないですか。私が闇医者を手にかけたという証拠が」

その時、一人の鬼が駆け込んできた。

「ドローン動画の詳細な解析が終わったそうです。映っていたのは……」

皆が固唾をのんだ。

「映っていたのは、青蓮院様のシルエットと思われます」

皆の眼が一斉に青蓮院に注がれた。だが、青蓮院は余裕の表情で答えた。

「ハッ、それがどうしたと言うんだ。動画に証拠能力がないことは、今まさに岡田殿ご自身で言われたはずでは？　姫の私に対する裏切りが精巧にできたフェイク動画なら、そちらの動画がフェイクでない根拠はどこにあるのでしょうか。大方、そこのインフルエンサー崩れの娘がこしらえたんでしょう」

「はあ？　私がそんなことするわけないでしょ⁉」

まさみが食ってかかった。

「その言葉、そっくりそのままお返ししますよ」

まさみは青蓮院ににらまれそれ以上何も言えなくなり、唇を噛んだ。

皆の眼が岡田に注がれる。

「さあ、証拠はどこにあるんだ」

黙る岡田に、しびれを切らした青蓮院がとたんにすさまじい形相になった。

「……早く答えろよ、岡田ァッ！」

岡田は強い眼差しで青蓮院をにらみ返す。

「……これだけの状況でも、まだ自らの罪をお認めにならないんですね。心の底で期待していたのですが、残念です。では、証拠をお見せしましょう。というか、今もあなた自身が持っていますよ。捨てられない証拠として」

とたんに、青蓮院の顔色が変わった。

「そもそもあの刀、神以外の者は扱えないので容疑者は神に絞られるんですが、それでも、どう考えても無理だと思っていました。姫以外の神が、姫の指紋認証でしか開かない宝物庫から刀を持ち出すのは。それが解けない限り、姫の無実は証明できない。でも一つだけ方法があったんです。気づけばどうってことはない」

「だから、それはなんだと言ってるんだ」

「闇医者って、整形が得意だったそうですね」

岡田の言葉に、青蓮院の表情が曇った。

「簡単なことです。闇医者にあなた自身の指を整形させて、姫の指紋をコピーしたんです」

中央管理室にどよめきが起きた。

「あ、言われてみれば。闇医者の技術ならできそうっすね。なんでそんな簡単なこと、思いつかなかったんだろ」

　塚本がうなずいた。

「僕が違和感を覚えたのは、闇医者の家に残っていた姫の指紋です。確かに姫がいた証拠にはなりそうですが、祁答院さん経由で警察に確認したところ、親指だけだったそうです。なぜ親指だけだったのか。それは、親指『しか』なかったからではないか」

「なるほど」

　まさみがうなった。岡田が続ける。

「自分の指紋がすべて無くなるのもまずいので、恐らく宝物庫を開けるために必要最低限の親指だけを処置したのでしょう。闇医者となんらかのつながりを持ったあなたは、うまく理由をつけて自分の親指の指紋を姫の指紋に作り替えた。宝物庫は姫の親指の指紋認証で開くようになっていたので、それに必要な親指の一部をコピーしたんでしょう。そうして姫の留守中に宝物庫の扉を『姫の指』を使って開け、まんまと刀を持ち出して闇医者を殺め、何くわぬ顔で刀を戻した。そして刀の履歴そのものを利用して姫の罪を捏造した。念押しで闇医者の家に残した親指の指紋が仇になりましたね」

　岡田の言葉に、青蓮院は沈黙したままだった。

「闇医者はもういないので、あなたの親指は『姫の指』のままのはず。その理由は、さすがに宝物庫の扉を開ける以外あり得ませんよね。大人しく警察へ出頭してください。それとも、今、宝物庫に行ってみましょうか。あなたの親指で扉が開くはずです」

青蓮院は観念したかと思いきや、突然、自らの右手の親指を食いちぎって飲み込んだ。

まさみが小さく悲鳴をあげた。

「さあ、そんなことは知らんね。これで貴様の言う物的証拠は何一つなくなった。証拠がなければ裁けまい。俺は大王だ。次期大王になる男だ。こんな所でつまずいてたまるか」

青蓮院は目を見開いて、鬼気迫る表情で叫んだ。岡田は言葉を失った。

「往生際が悪いぞ、青蓮院！」

祁答院が怒鳴った時、廊下の奥に影が見えた。

「……無様よのう、青蓮院」

皆が振り返ると、閻魔姫が刀を携えて仁王立ちしていた。

「姫様……なぜここに」

青蓮院は言葉を失った。岡田が答える。

「警察に釈放してもらったんですよ。もはや閻魔姫は無罪ですので。ちなみに証拠ならまだちゃんと残ってますよ。ほかならぬあなたが残してくれました。さっき中央管理室の扉を開ける時、あなた、指紋認証で焦って『姫の指』を使ってましたよね」

青蓮院は一気に顔面蒼白になり、痛恨の表情を浮かべた。

「実は姫の指紋だけ拒否するように事前に設定してもらってたんです。まあ、どちらにせよ偽のエラーを出してあなたが『姫の指』を使うまで試させる予定でしたが、あれで百パーセント確証が得られました。あの時間、親指で指紋認証をかけているあなたの映像がしっかり監視カメラに記録されています。そして、同時刻、システム側は指を『姫』と認識しています。ログに認証エラーが出た回数分だけ履歴が残ってますよ」

岡田は青蓮院を見据えて言った。

「あなたの言葉を借りれば『証人は監視カメラと僕』です。残念でしたね」

青蓮院は呆然として、魂が抜けたようにその場に座り込んだ。

閻魔姫が青蓮院の目前に歩み寄り、刀を振り上げた。

「青蓮院よ、改革に全力を捧げてくれた礼は忘れぬ。たとえ偽りの目的であったとしても。わらわを陥れた由も、もはや問うまい。これ以上そなたの惨めな姿は見とうない。かくなるうえは、わらわ自身の手でそなたの命を終わらせようぞ」

岡田があわてて止めに入る。

「ちょっと待ってください、こんなやつのために手を汚す必要はありませんよ。僕がわかったのは、犯人がこいつだってことだけで、そもそもなぜこんなことをしたのかまでは謎です。閻魔大王の不正の件も含めて、聞き出さなければならないことが山ほどあります。どうか気を鎮めて、警察へ……」

閻魔姫はしばらくそのまま動かなかったが、やがてゆっくりと刀を下ろし、無言で部屋を去っていった。その目にうっすらと涙が光っていたように、岡田には思えた。

ホワイトサンドでつかの間の休息を楽しんだ三人は、食堂のテラス席に座って閻魔庁行きのファイアーカートを待っていた。青蓮院の悪事を暴き、閻魔一族の無実を晴らした功績により、岡田たちはついに願いを叶えてもらえることになった。

「悪いことはできないっすね。やっぱり、神様、閻魔様が見てる」

塚本が感慨深げに言った。

「閻魔大王も無事釈放されて、今度こそ姫と二人三脚で地獄を良くしていくことになって、本当よかったです」

隣の岡田がつけ加えた。

「しかし、まさか青蓮院が神に化けていた元人間だったなんてね」

まさみがスマートフォンで岡田たちの活躍を報じるニュースを見ながら言った。

閻魔姫経由で聞いた警察の取り調べ結果は、次のようなものだった。

昔、ある一人の男が神の力に憧れ、禁忌を犯して地獄に堕ちた。そこで男は、当時、閻魔庁に仕えていた魂の姿を変えることができる人間の闇医者と出会い、「契約」して自らを偽の神として作り変えた。その男は新たに「青蓮院」と名乗り、今度は地獄で大王となる野望を持つに至った。

青蓮院は順調に閻魔庁の出世の階段を上っていたが、ある時、その闇医者が重罪で処刑されることになった。青蓮院の閻魔庁内でのポジションを知っていた闇医者は自分の減刑を要求し、無理なら処刑前陳述で「契約」のことを公にすると脅した。

青蓮院はやむなく大王名義で闇医者を無罪にし、それがばれないようほかの受刑者の判決も大王名義で改ざんした。また、将来大王を陥れる材料として、それらを使うことを思いついた。

時は流れ、現職大王の地獄では管理体制が限界に近づいていた。青蓮院はこの時すでに閻魔姫側近の地位まで昇りつめていたが、このままでは地獄の神全員が天界から「管理能力なし」の烙印を押され総追放される日も近かった。そこへ閻魔姫が地獄の改革に乗り出す話を聞き、大王の玉座を引き寄せる千載一遇のチャンスと考えた。姫を担いでまずは大王を失脚させ、総追放を防ぐ計画を思いついた。デジタル改革の中で、過去に仕込んだ大王不正の捏造証拠が明るみに出るようにした。

そんな中、青蓮院は再び闇医者に呼び出された。闇医者は青蓮院の企みを見抜き、閻魔姫に計画を悟られたくなければ、自らを再び閻魔庁の重要ポストに就けるよう青蓮院に迫った。

これ以上、闇医者を野放しにできないと考えた青蓮院は、宝物庫の宝を前金として与えることを口実に、指の施術を闇医者に依頼した。目的は宝物庫の刀で闇医者を葬ることだった。あわせてそれを姫の仕業とし、冤罪で失脚させることで、自らの大王への最短ルートを切り開くという一石二鳥の方法も計画した。人手が必要になり、あとで処分が楽な人間のうち損得勘定で動くものに目星をつけ、柿崎を選んだ。あとはほぼ岡田の推理通りに事が展開した。

「そう言えば岡田くん、すっかり聞き忘れてたけど、いつ青蓮院が犯人だって気づいたの？」

まさみが尋ねた。

「僕もギリギリまで祁答院さんが姫と青蓮院を陥れた黒幕だと思ってたんですけどね。柿崎のスマホから発信があった時刻の閻魔庁内の位置情報を確認したんですが、祁答院さん、エレベーターの故障でしばらく閉じ込められてたみたいです。スマホからの発信は一度しかなかったので、電話はすぐにつながったはず。でもエレベーター内は電波が通じないので、祁答院さんは電話の相手ではあり得なかった」

岡田は咳払いをして続けた。

「で、同時刻にほかに怪しい動きがないか調べたら、まさかの青蓮院が会議中の大会議場から一人抜け出して、廊下にしばらく立っていたというわけです。祁答院さん以外の神々は全員その会議に出席していたようなので、その瞬間、自分はとんだ勘違いをしていたと思い、あらためて推理を組み立て直しました。正直、確証はなかったので、中央管理室の入口で『姫の指』の指紋認証記録が取れるまでは不安で仕方なかったですよ」

「そんなことを一瞬でやっちゃうなんて、やっぱり岡田くんすごいや」

「いや、まさみさんが動画を見つけてくれなかったら姫の無実に確証は持てなかったし、塚本さんが情報を集めてくれてたおかげで真実までたどりつけたんですよ」

岡田は鮮やかな緑の木々が風に揺れるのを眺めながら、これまでの地獄での日々を思い出していた。

「……四人でここにいたかったね」

まさみがふと、つぶやいた。岡田もうなずいた。

「悪い人ではなかったですよね。ここで淹れてくれたコーヒーの味、忘れないです」

塚本が遠い目で言った。

「あばよ、柿崎」

間もなくやってきたファイアーカートに乗り込んで、三人はホワイトサンドをあとにした。

◆

岡田とまさみが、緊張した面持ちで蘇生の間に入った。

「塚本さん、本当に現世に戻らないんですか」

岡田の問いかけに、塚本は頭をかきながら答えた。

「まあ、戻っても今とやること変わんないっすから。こっちにいたほうがいろいろと贅沢な暮らしができそうですし。地獄ライフを満喫します」

閻魔姫と閻魔大王、閻魔庁の神々や鬼たちが総出で見送る中、電源スイッチが入る。部屋全体が次第に光を放ち出した。

「岡田殿、相川殿、本当に世話になった。父上とわらわの無実を晴らしてくれた恩、決して忘れぬぞ」

そう言って、閻魔姫は微笑んだ。その時、岡田は地獄に来て以来、初めて閻魔姫の笑顔を見たことに気づいた。

「次は地獄に来ちゃだめっすよ！」

塚本が涙ぐんで叫んだ。二人は塚本に大きくうなずいた。

岡田はまさみのほうに向き直った。

「現世に戻って記憶は消えても、まさみさんのことはきっとどこかで忘れずにいられると思います」

「まあ、生きてればそのうちどっかで会えるかもね」

まさみはそう言うと、少し悲しげな笑顔で岡田の肩を叩いた。

「それじゃあ、まさみさん、お元気で！」

強くなる光とともに、モーターのような機械音が次第に大きくなっていく。

もう一度、まさみと目が合った。

一瞬、何か言いたげな表情を浮かべ、まさみはためらうように岡田を見つめていたが、やがて意を決したように口を開いた。

「岡田くん、私ね――」

大きな機械音にかき消され、まさみの声は最後まで聞き取れなかった。

次の瞬間、蘇生の間が強い光に包まれ、まさみの顔が見えなくなった。

岡田は全身が白く暖かい光に包まれていくのを感じた。

◆

桜吹雪が舞う川縁で、岡田は一人、指輪を見つめていた。

病院のベッドで目覚めて最初に見たのは、側で号泣する母と安堵の表情を浮かべる父の顔だった。どうやら三カ月ほど昏睡状態だったらしい。医師からは水面に叩きつけられた衝撃で全身の骨が折れていて回復も絶望的だと思われていたので、意識が戻ったのは奇跡に近い、と言われた。

ほどなくして、美優が病室を訪れた。回復祝いの花束と同時に、別れを切り出された。「今の聖一にこんなこと言うのも最低だってわかってるけど、長引かせるほうが悪いから」などと前置きはされたが、美優が言うには、少し前から価値観のずれを感じていて、ほかに好きな人ができたから別れてほしい、ということだった。

岡田は突然の言葉にショックを受けたものの、意識が戻って以来、不思議と美優から気持ちが離れている自分に気づいていた。相手は誰か聞こうとしたが、ふと思い直してやめた。「お互いに別々の道を歩んでいこう」と微笑むと、「やめてよ、そういうの」と美優は泣き出し、病室をあとにしたまま戻ってこなかった。

ようやく退院許可が出た日、久しぶりに二本の足で大地を踏みしめて歩く喜びを感じた。うららかな春の日差しの中、岡田は久々の外出に心が躍り、ふと病院の近くの川縁まで行ってみることにした。ずっと捨て損ねていた指輪をようやく処分する決心もついた。

岡田が川に向かって大きく振りかぶろうとあとずさったところで、背中にぶつかった相手が倒れてしまった。

「イッタ……ちょっと、どこ見て歩いてんの！」

目鼻立ちがくっきりとしたショートカットの女性だった。淡いブルーのデニムに白のシャツという一見控えめな装いながら、その眼差しと口調にはかなりトゲがあった。

「あ……すみません」

謝りながら岡田が手を差しのべた時、記憶の片隅にふと何かがよみがえった気がした。

「あの……前にどこかでお会いしましたっけ」

そう言った岡田に女性は一瞬怪訝な顔をして、「久しぶりに聞いたわ、それ」と言って噴き出したが、何を思ったか、岡田の顔をしげしげと眺めだした。

「確かに、前にどこかであなたに会ったことがあるような……てか、私を見たのって、もしかしてネット動画じゃない？ けっこう閲覧数稼いでるんだけどなあ」

「ひょっとしてユーチューバーの方ですか。すみません、最近、あまりそういうの見てないもので、えっと……」

まごつく岡田に、女性が笑顔で答えた。

「自己紹介、まだだったね。私の名前は――」

あとがき

本文をお読みくださった方、こんなところにも目を通していただき、ありがとうございます。書店でこの本を手に取り、何気なくこのページを開いた通りすがりの方、初めまして。もしよければ是非本文も読んでみていただけると嬉しいです。

この本は、六人で執筆しました。全員、現役のＩＴ企業の会社員です。

私たちの会社は、さまざまな企業のシステムを構築する「システムインテグレーター（通称「ＳＩｅｒ」）に分類されます。この名前を聞いて、どういう仕事を、どのようにしているのかピンとくる方は多くないのではと思っています。

「ＳＩの仕事を、いろんな人に知ってほしい」

そんな思いを持った有志が集まり、本を制作するプロジェクトが２０１６年に発足しました。ＳＩの現場で働く人たちが、何を感じ、何に悩み、どう乗り越えていくのか。これをできるだけ生々しく伝える方法として、本のジャンルを小説にし、登場人物たちに私たちのメッセンジャーになってもらうことにしました。

以来、年に一冊のペースで小説を世に送り出してきました。実は、本作はこのプロジェクトで手掛けた五作目の作品なのです。すべての作品において、私たちは新しいことに挑戦してきました。まずは作品とともに、これらの挑戦を少し振り返らせてください。

第一作目『シンギュラリティ』著者名：チーム２０４５

ＳＩ企業で仮想現実の世界に会議室を作る「バーチャルオフィスプロジェクト」を任された主人公が陰謀に巻き込まれていく、という物語です。

そもそも複数人で小説を作ること自体が挑戦でした。しかし、ＳＩの仕事も複数人でシステムという目に見えないものを作るものであり、その方法は小説制作にも適用できる、ということに気づき、試行錯誤のうえ、完成に至りました。

第二作目『Ａ／Ｉｄｅｎｔｉｆｙ（アイデンティファイ）』著者名：大隆　哲裕

ＡＩのプロジェクトに携わる凸凹コンビの主人公たちが、バイオテロに立ち向かう、という物語です。

主人公を二人据えたバディものにした点、描く事件を全国規模の大きなテロ事件にした点が挑戦でした。

第三作目『スマートアイランド』著者名：竹内　奏歩
島を丸ごと近未来の社会に作り替えた「望空島（のあじま）」を舞台に、ＩＴエリート育成が目的のイベントに参加した少年・少女が繰り広げる、冒険活劇です。
前作まではＳＩ企業で働くキャラクターが主人公でしたが、ＳＩの仕事を内側からではなく外側から描いてみようと思い、少年・少女を主人公に据えたのが挑戦でした。

第四作目『ＨｕｍａｎＩＴｙ（ヒューマニティ）』著者名：矢野　カリサ
再び原点に立ち戻り、工場業務を自動化する「スマートファクトリー」のプロジェクトに携わる女性を主人公にし、ＳＩの仕事をじっくり描いています。
本作では、制作における重要フェーズでコロナ禍が本格化し、対面機会が制限される中での新しい制作方法を余儀なくされたことが一番の挑戦でした。

そして、今回の第五作目。
第四作目までの世界観は、基本的に第一作目のものを踏襲しています。すなわち、現実世界に即した、少し先の未来です。登場人物も、各作品間でつながりを持たせています。この世界観を使えば、ある程度の勘所をもって物語を構築できたでしょう。
しかし、私たちはその勘所に、惰性とマンネリ化の影を感じ始めていました。「挑戦」は、「調整」になってはならない。そこで、今作では世界観を一新しました。

物語のテーマは「業務改革」と決めていたのですが、「地獄のような職場を変える物語はどうか」という議論を重ねるうちに、「いっそ地獄の職場を変える物語にしてみよう！」ということになり、今作の舞台を地獄という空想上の世界にしました。

地獄に職場があるとすれば、どういう登場人物が何を目的に働いているのか。そこでどういう課題が生まれ、主人公はどうやってそれを解決するのか。

ただでさえ雲をつかむような議論を、新型コロナウイルスの影響でほぼリモートでせざるを得ず、まさに地獄のような制作過程ではありましたが、なんとか形にすることができました。


この挑戦の結果、皆様に「！」と感じてもらえて成功した部分、「？」と感じさせて今後の課題になった部分、両方あることでしょう。しかし、新たな挑戦をする中で、私たちの血となり骨となる気づきがあったことは確実です。

この気づきを活かし、次回以降の作品ではもっと皆様に感じていただける「！」を増やすように、挑戦し続けていきたいと思っています。

最後になりましたが、本書の制作にあたり多大なるご協力をいただきました皆様に厚くお礼申し上げます。

物語の設定やプロットに対し、的確なアドバイスをくださった株式会社チカラの元木哲三様。三歩進んで四歩下がるような議論にも嫌な顔一つせずお付き合いいただくとともに、カバーデザインの検討や販売プロモーションをご支援いただいた、宮木麻衣様をはじめとする株式会社幻冬舎メディアコンサルティングの皆様。企画や運営面で会社との調整を一手に引き受けていただいた、当社小説制作プロジェクト事務局の皆様。技術面の検証をご支援いただいた当社ＩｏＸソリューション事業推進部の皆様。そして、執筆メンバーを支えてくれた家族の皆様。

　皆様のお力なしでは、この作品の完成はありませんでした。執筆者一同、感謝しております。誠にありがとうございました。

第五作目執筆メンバー

鎌田　隆寛
山石　哲也
山内　靖子
永田　京子
櫻井　美樹
阿部　貴大

プロフィール

百目鬼鉄解（どうめき・てっかい）

SIer（情報システムの企画、構築、運用などの業務を請け負う企業）である日鉄ソリューションズ株式会社の有志からなる小説家集団。普段は営業・システムエンジニアなどとして、さまざまな部門で活躍している。著者名は作品の舞台である地獄のイメージ、及び執筆メンバーの所属会社名にちなんで命名。

本書についての
ご意見・ご感想はコチラ

Hell World

2021年７月28日　第１刷発行

著　者　百目鬼鉄解
発行人　久保田貴幸

発行元　株式会社 幻冬舎メディアコンサルティング
〒151-0051　東京都渋谷区千駄ヶ谷4-9-7
電話　03-5411-6440 (編集)

発売元　株式会社 幻冬舎
〒151-0051　東京都渋谷区千駄ヶ谷4-9-7
電話　03-5411-6222 (営業)

印刷・製本　瞬報社写真印刷株式会社
装　丁　　田口美希

検印廃止

Printed in Japan
ISBN 978-4-344-93421-4 C0093
幻冬舎メディアコンサルティングHP
http://www.gentosha-mc.com/